KB059392

추리소설가의
살인사건

CHO·SATSUJINJIKEN –SUIRISAKKA NO KUNO by Keigo HIGASHINO

Copyright © Keigo HIGASHINO 2001
All rights reserved.
Original Japanese edition published in 2001 by SHINCHOSHA Publishing Co., Ltd.
Korean translation rights arranged with SHINCHOSHA Publishing Co., Ltd.
Korean translation copyrights © 2020 by Somy Media, Inc.

추리소설가의
살인사건

히가시노 게이고

민경욱 옮김

KEIGO HIGASHINO 소미미디어
Somy Media

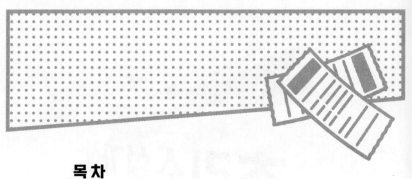

목차

KEIGO HIGASHINO

세금 대책 살인사건

세금 대책 살인사건

1
『얼어붙은 거리의 살인』 제10회

기어이 여기까지 왔군, 하가는 아사히카와역 앞에 서서 생각했다. 이쓰미 야스마사는 이 거리에 어딘가에 있을 게 분명해.

눈 덮인 도로에는 무수한 발자국이 나 있었다. 문득 그는 이 가운데 이쓰미의 것도 있지 않을까 생각했다. 그는 한 걸음 내디뎠다. 눈 밟는 감촉과 함께 부스럭 마른 소리가 났다.

뒤에서 나지막한 비명이 들렸다. 돌아보니 시즈카가 불안한 걸음을 내딛던 참이었다. 시즈카는 하가를 보고 환하게 웃었다.

"구두가 미끄러져서."

"조심해요. 숙소에 도착하면 일단 구두부터 사러 가죠." 하가는 그렇게 말하고 그녀의 발밑을 가리켰다. 그녀는 검은 하이힐을 신고 있었다. "그런 구두로는 이곳을 걸어 다닐 수 없어요."

"하하. 그러네요."

대답 직후 시즈카는 또 미끄러졌다. 꺅! 비명과 함께 시즈카의 몸이 균형을 잃었다. 하가는 서둘러 손을 뻗어 그녀의 오른손을 잡았다. 그리고 그대로 몸을 안아 부축했다.

"괜찮으세요?"

"네……, 죄송해요."

올려다보는 시즈카의 눈썹에 미세한 눈 결정이 붙어 있었다. 그리고 그녀의 눈동자는 그 결정이 녹은 탓인지 촉촉했다. 그 눈을 바라본 하가는 가슴 속의 범상치 않은 파동을 느꼈다. 그 기척을 뿌리치듯 그는 그녀에게서 몸을 뗐다.

"조심하세요." 그가 말했다. "당신은 지금, 홀몸이 아니니까요."

"네. 알고 있어요." 시즈카가 고개를 숙이고 대답했다. 그리고 다시 하가를 올려다봤다. "하지만 정말, 그 사람이 여기 있을까요?"

"그럴 겁니다. 이 메시지에 따르면." 하가는 가죽 코트 주머니에서 한 장의 메모지를 꺼냈다.

거기에는 불가해한 숫자와 알파벳이 나열되어 있었다. 이쓰미 야스마사가 남긴 유일한 단서였다. 이 몇 개의 문자를 정리하면

'ASAHIKAWA'가 된다는 사실을 깨달은 것은, 어젯밤이었다.

"일단 갑시다. 이런 데 서 있어봤자 몸에 좋지 않으니까요." 하가는 그렇게 말하고 두 사람의 짐을 들고 택시 승차장을 향해 천천히 걷기 시작했다. 걸으면서 스스로 경계했다. 이 여성은 이쓰미의 소중한 사람이야, 네 친구의 약혼자야, 너는 도대체 뭘 기대하고 있는 거냐. 그녀의 태내에는 둘의 사랑의 결실이 살아 숨쉬고 있다고…….

택시를 타자,

덜컹덜컹 덜커덕.

계단 아래에서 격렬한 소리가 났다. '택시에 타자'까지 컴퓨터 화면에 친 나는 키보드 위의 손을 멈추고 방을 나왔다. 계단 위에서 아래를 향해 소리쳤다.

"여보, 무슨 일이야?"

대답이 없어서 나는 계단을 내려갔다.

부엌 싱크대 앞에 아내가 대자로 뻗어 있었다. 그 바람에 옷매무새가 엉망으로 흐트러져 있었다.

"아니! 왜 그래? 정신 차려!"

나는 아내의 몸을 흔들고 뺨을 찰싹찰싹 때렸다. 그러자 그녀가 실눈을 떴다.

"앗, 여보……."

"무슨 일이야?"

"이, 이거, 이거요, 이거." 그녀는 그렇게 말하고 오른손에 들고 있던 종이를 내게 보여줬다.

그것은 하마사키 회계사무소에서 온 서류였다. 소장인 하마사키 고로는 내 고등학교 동창이자 친구였다. 나는 소설가가 된 지 10년인데 올해 웬일로 수입이 많았던 터라 내년 확정 신고를 대비해 얼마 전 하마사키에게 상담하러 갔었다. 지금까지는 확정 신고는 혼자 적당히 했는데 그렇게 처리할 수 있을 정도로 수입이 적었다.

서류에는 내년 봄에 내가 내야 하는 세금 액수가 대충 계산되어 적혀 있었다.

처음에 나는 그 숫자를 멀거니 바라봤다. 그다음에는 자세히 들여다봤고 마지막에는 0의 숫자를 세기 시작했다.

"하하하!" 나는 웃기 시작했다. "하하하, 하하하! 말도 안 돼! 하하하, 하하하……."

"당신, 정신 차려요." 이번에는 아내가 내 몸을 흔들었다.

"이런 일이 있을 수는 없잖아. 이런 말도 안 되는 일이! 이런 바보 같은, 엉터리 금액을, 어째서? 하하하!"

"현실이라고요. 내야 한다고. 이렇게 많은 돈을 국가가 가져가는 거라고요."

"농담이야. 당연히 농담이지. 말도 안 돼, 피땀 흘려 번 돈을…… 그런 바보 같은 일이 있겠어?" 눈물이 나왔다. 나는 엉엉 소리 내어 울기 시작했다.

"여보, 어쩌지? 이렇게 큰돈은 우리한테 없는데. 어쩌면 좋지?" 아내도 울었다. 눈물과 콧물로 얼굴이 엉망이 되고 말았다.

"하마사키를 불러." 나는 아내를 향해 결연하게 말했다.

2

하마사키 고로는 3시간 뒤 도착했다. 이미 해가 저물었는데 와이셔츠 소매를 걷어 붙인 상태였고 목덜미에 땀이 배어 있었다. 뚱뚱해서 땀이 많은 사람은 보기만 해도 무덥게 느껴졌다. 이 녀석이 들어온 것만으로 실내 온도가 2, 3도는 높아진 것만 같았다.

"서류를 봤나 보군." 하마사키는 들어오자마자 말했다.

"봤어." 내가 말했다. "넋이 나갔지."

"그랬겠지. 아! 고맙습니다." 아내가 내온 커피를 하마사키가 벌컥벌컥 들이켰다.

"그래서 이 숫자는, 뭔데? 농담 아니야?"

"농담이었으면 좋겠지. 하지만 유감스럽게도 아니야. 네 올해 수입과 네게서 받은 영수증으로 일단 계산한 결과야. 신고할 때 제대로 다시 계산할 테지만 큰 차이는 없을 거야."

"그럼, 그런 큰돈을……."

"응. 유감이지만 내야 하네."

하마사키의 말에 옆에서 듣고 있던 아내가 또 **훌쩍훌쩍** 울기 시작했다.

"당신은 아래 내려가 있어." 내가 아내에게 말했다. 아내는 앞치마로 눈두덩을 누른 채 계단을 내려갔다. 머리에 붕대를 감고 있는 것은 아까 쓰러졌을 때 머리에 큰 혹이 생겼기 때문이다.

"저기, 어떻게 안 될까?" 나는 하마사키에게 말했다. 한심하게도 아부를 떠는 듯한 말투가 되어버렸다.

"좀 더 빨리 얘기했으면 여러모로 손을 썼을 텐데 벌써 12월이라." 하마사키가 떨떠름한 표정으로 말했다. "뭐, 최대한 영수증을 모으는 게 전부야. 그게 가장 빨라."

"영수증이라고 해도, 얼마 전에 자네에게 맡긴 거 외에는……." 나는 한숨을 쉬었다.

"아아, 그거 말인데, 문제가 좀 있어." 하마사키가 말했다.

"문제?"

"받은 영수증 말인데, 두세 가지 확인할 게 있어." 하마사키가 검은 가방에서 파일을 꺼냈다.

"뭔데? 다 제대로 된 영수증일 텐데."

"제대로 되어 있긴 한데." 하마사키는 파일을 열었다. "우선 이거야. 4월에 여행을 갔더라. 여행지는 하와이."

"맞아. 그게 왜?"

"이 명목을 뭐로 할까 싶어서."

"그야! 취재 여행이면 되잖아."

"그럴 생각이었는데 말이야, 너, 올해 쓴 작품 속에 하와이가 전혀 나오지 않았잖아?"

하마사키의 얘기에 나는 올해 작품들을 돌이켜봤다. 단편 소설이 네 편 정도, 다음은 연재뿐이었다. 확실히 그 작품들 속에 하와이는 나오지 않는다.

"듣고 보니 그런 것도 같네." 내가 말했다. "그럼 안 되는 거야?"

"그다지 좋지 않지. 그보다 큰일이야." 하마사키가 짧은 손가락으로 관자놀이를 긁었다. "요즘 세무서 안에 문필가만 전문으로 점검하는 사람이 있다는 소문이 돌아. 그런 녀석들은 담당 작가들 작품을 전부 읽고 이런 사소한 부분까지 빠짐없이 지적한다더라고."

"우와!" 다시 울고 싶어졌다. "그럼 하와이 여행비를 경비로 공제할 수 없어?"

"그런 셈이지."

"그런 말도 안 되는 일이 있다고? 그럼, 내년에 쓸 작품에 하와이를 넣을 계획이라고 하면 되잖아. 그럼, 할 말이 없을 텐데."

"뭐라고 하진 않겠지. 대신 경비를 내년도에 넣으라고 하겠지."

"이런 사디스트들!" 나는 아우성쳤다. "세무서 놈들은 사람을 괴롭히는 재미로 사는 게 틀림없어."

물론 농담이었는데 하마사키는 웃지 않았다. 오히려 차분한 표정으로 "맞아"라고 말했다. "친한 세무서 직원에게 들었어. 사디스트 기가 있는 사람을 우선 뽑는다고."

나는 머리를 감싸 쥐었다. "도와줘!"

"어떻게든 올해 안에 하와이를 다룬 소설을 쓸 수 없나?" 하마사키가 말했다.

"그럴 만한 여유가 없어. 올해는 이게 마지막 일이라고." 나는 컴퓨터를 가리켰다. 화면은 아내가 쓰러졌을 때 그대로였다.

하마사키가 슬쩍 그 화면을 봤다.

"그거, 지금 쓰는 중인가?"

"맞아. 다음 달 잡지에 실릴 예정이지. 연재 10회째야." 그렇게 말하고 나는 식은 커피로 손을 뻗었다.

"거기에 하와이를 넣을 수 없어?"

하마사키의 말에 나는 입에 머금고 있던 커피를 뿜을 뻔했다.

"말도 안 돼. 홋카이도가 무대라고. 하와이와는 전혀 관계가 없어."

"그걸 어떻게든 하는 게 소설가 아니야? 아니면 이보다 많은 세금을 내고 싶어?"

"그건 싫어."

"그럼 내 말대로 해. 게다가." 하마사키는 파일로 시선을 돌리고 이어 말했다. "하와이에서 쇼핑을 무척 많이 했더군. 골프도 치고. 이것도 가능한 이유를 대야 할 텐데."

"이유?"

"그러니까 정당한 이유지. 일테면 주인공이 하와이에서 쇼핑이나 골프를 하는 장면이 소설 속에 나오면 그를 위한 취재라고 주장할 수 있지."

"그런 장면을 쓸 생각이었는데 마음이 바뀌어 줄거리를 바꿨다고 하면 되잖아."

"그렇게 이해해줄 상대라면 좋겠다만." 하마사키는 떨떠름한 표정을 지으며 팔짱을 꼈다. "아마 안 될 거야."

"사디스트라?"

"뭐, 그렇지."

"하지만 이제 아사히카와를 하와이로 바꾸는 건 무리야. 주인공이 암호를 풀어 드디어 아사히카와에 도착했던 참이라. 게다가 아사히카와도 거기서 취재 여행을 했으니까 그곳도 소설에 나오지 않으면 안 된다고."

"뭐, 그건 나중에 생각하자. 그거 말고도 많으니까."

"또 있어?"

"이거야." 하마사키는 파일 포켓에서 영수증 다발을 꺼냈다.

"이게 왜? 무슨 문제라도 있어?"

"죄다 경비에 넣기 어려운 것들이야. 일테면 이 여성용 코트 19만5천 엔이라는 영수증. 이거, 부인을 위해 샀지?"

"올해 1월에 세일 할 때 샀어. 그게 왜 안 되는데?"

"안 될 건 없지. 부인 사랑으로는 좋아. 다만 경비로는 힘들어."

"왜? 20만 엔 이하면 소모품으로 처리할 수 있을 텐데. 그래서 애써 액수에 맞는 물건을 찾았는데."

"하지만 여성용 코트잖아. 일에 필요해?"

"음." 나는 팔짱을 끼고 신음했다.

"그리고 이거." 하마사키는 그렇게 말하고 다른 영수증을 꺼냈다. "신사 용품이야. 양복과 셔츠, 넥타이와 구두까지 총 33만8

천7백 엔짜리."

"그건 전부 내 옷이야." 내가 말했다. "그건 상관없을걸? 일 때문에 샀거든."

"일 때문이라고?"

"일본 미스터리 작가 협회 파티에 입었어. 그리고 화보 촬영에서도 입었고."

"음." 하마사키가 머리를 긁적였다. "어렵네."

"왜? 뭐가 어려워?"

"화내지 마. 일단 양복은 취급이 까다로워. 확실히 자네 같은 직업은 양복이나 넥타이는 공식적인 자리에만 입겠지. 하지만 그런다고 받아들일 세무서가 아니야. 사적으로도 입을 수 있지 않냐고 반드시 얘기할 거야."

"안 입어." 내가 말했다. "사적인 시간에 아르마니 양복을 입는 사람이 있겠냐? 보통 때는 반바지에 티셔츠면 충분하지. 너도 알잖아."

"나는 알지. 하지만 세무서는 그런 데 까다로워." 하마사키는 미간에 팔자 주름을 잡았다.

쳇, 나는 혀를 찼다.

"그럼 어떻게 해야 이해할까?"

"소모품으로 인정되는 것은, 기본적으로 일에 사용하고 나면 다른 데는 사용할 수 없는 게 명백한 것들이어야 해. 일테면 필기구라거나."

"필기구도 일이 아니라도 쓸 수 있잖아!"

"그러니까 비율의 문제야. 양복은 일 외에도 입을 일이 많다고 세무서 마음대로 생각하는 거지."

"마음대로 생각하고 멋대로 세금을 먹인다고?"

"그게 세무서의 방침이야. 즉 나라의 방침이지."

젠장, 나는 그렇게 말하며 책상다리를 찼다. 하지만 철제라 발가락 통증에 눈물이 나올 뻔했다.

"그리고." 하마사키가 말했다.

"또 뭔데?"

"지난달에 컴퓨터를 샀더라."

"아아, 이거야." 책상 위의 컴퓨터를 가리켰다.

"구형 워드프로세서를 버리고 과감히 샀지. 이건 경비가 되겠지?"

"경비는 되는데 소모품은 아니야."

"뭐? 왜?"

"영수증에 따르면 구매 가격이 22만 엔이야. 20만 엔 이상이면 원칙적으로 고정 자산이 되지. 그러니까 감가상각 항목으로 경비에 올려야 해."

"뭐든 좋아. 어쨌든 22만 엔이 경비가 되니까."

"그게 아니라 사용 연수에 따라 그해에 줄어든 가치만을 금액으로 환산해 경비로 올리는 거야. 쉽게 말하자면 올해는 22만 엔 중 얼마나 사용했는지를 계산해야 해."

"그런 걸, 계산할 수 있어?"

"할 수 있어. 전부 매뉴얼이 있어. 올해는 두 달밖에 쓰지 않았으니까 아마도 수천 엔쯤 될 거야."

"아……."

"그리고 이거. 노래방 기계를 샀네."

"부부 공통 취미야." 그렇게 말하고 나는 깜짝 놀랐다. "그거 다 합쳐 수십만 엔인데, 그것도 감가상각이야?"

"아니, 이건 다행히 할부라 그럴 필요는 없어."

"다행이다."

"다만 문제는." 하마사키가 말했다. "노래방이 일에 필요하냐는 거지."

"뭐라고?"

"소설을 쓰는 데 노래방이 필요하다는 말은 들어본 적 없으니까. 세무서는 반드시 지적할 거야."

나는 머리를 감싸 쥐었다.

"그럼 어떻게 해야 해? 하와이 여행도, 코트도, 아르마니도, 노래방 세트도 경비 처리가 안 되고, 컴퓨터도 몇 푼 안 되는 돈만 인정되고."

"그 밖에도 많아. 말하기 힘들지만." 하마사키는 파일을 보면서 얼굴을 찡그렸다. "사실 지난번 보낸 서류에는 그런 문제를 눈감고 계산한 숫자를 적은 거야. 그러니까 세무서가 검사하면 세액은 더 오를 거야."

"얼마나?"

"안 듣는 편이 좋겠지만, 그럴 수도 없는 노릇이지." 그렇게 전제하고 하마사키는 어떤 금액을 입에 올렸다.

나는 빙글 현기증을 느꼈다. 의자에 앉아 있는 게 최선이었다.

"그런 큰돈이 어디 있겠냐?"

"종종 벌어지는 일이야. 갑자기 수입이 늘어난 것까지는 좋은데 세금을 까먹고 다 써버리는 경우 말이야."

"다른 사람 일이라고 태평하게 말하지 말지!"

"그게 아니야. 나도 어떻게든 해주고 싶어. 게다가 주민세라는 것도 있고."

"주민세?" 나는 하마사키의 얼굴을 바라봤다. "지금 말한 세금에 주민세도 포함된 거 아니야?"

"미안하지만 소득세만이야."

"그럼 주민세는……."

"대충 계산해보니." 하마사키는 계산기를 꺼내 손바닥 위에서 탁탁 두드리며 계산했다. 그리고 그 금액을 얘기했다.

이번에야말로 나는 정신이 멀어졌다. 앗, 기절하네, 라는 자각이 있었다.

그런데 그 전에, 쿵쾅쿵쾅 무지막지한 소리가 밖에서 났다. 그래서 나는 정신을 차리고 방을 뛰쳐나왔다.

계단 아래에서 서커스단의 소녀처럼 팔다리를 꼰 채 아내가 쓰러져 있었다.

나는 황급히 내려가 그녀를 안아 일으켰다. 그녀는 입에 거품을 문 채 중얼거렸다. "세금, 세금, 세금……. 도와줘." 아무래도 우리 얘기를 밖에서 엿들은 모양이다.

"어이, 괜찮나?" 위에서 하마사키가 말을 걸었다.

나는 아내의 몸을 살며시 눕히고 계단을 뛰어 올라갔다. 그리고 하마사키의 멱살을 잡았다.

"아니, 무슨 짓이야!" 그의 얼굴에 공포의 빛이 떠올랐다.

"어떻게 해야 좋을까?" 나는 그에게 물었다.

"세금을 줄일 수 있다면 무슨 일이든 할게. 무슨 짓이든 하지. 어떤 소설이라도 쓰지. 말해줘."

나의 기백에 질린 듯, 하마사키는 짧은 목을 열심히 끄덕였다.

3

『얼어붙은 거리의 살인』 제10회

기어이 여기까지 왔군, 하가는 호놀룰루 공항 앞에 서서 생각했다. 이쓰미 야스마사는 이 섬 어딘가에 있을 게 분명해.

노면에 반사되는 햇살에 눈이 부셔 그는 무심코 얼굴을 찡그렸다.

뒤에서 나지막한 비명이 들렸다. 돌아보니 시즈카가 쓰러져 있었다.

"하이힐 굽이 부러져서." 그녀가 말했다.

"조심해요. 숙소에 도착하면 일단 비치 샌들을 사러 가죠." 하가는 그렇게 말하고 그녀의 코트를 봤다. "그리고 여름용 옷도."

"하하. 그러네요. 정말 덥네요. 이런 옷은 더 필요 없겠어요."

시즈카는 코트를 벗어 쫙쫙 찢어 길거리에 내던졌다.

"왜 코트를 꼭 찢어야 하는데?" 나는 옆에 서 있는 하마사키에게 물었다. 이런 장면을 적어 넣게 한 사람이 그였다.

"이 장면을 묘사하기 위해 실제로 여자 코트를 찢은 적이 있는 것으로 해야지. 그럼 실험 재료비로 코트를 경비에 넣을 수 있

24   **추리소설가의 살인사건**

어. 다만 세무 조사가 들어오면 그 코트는 어딘가 숨겨야 해."

하마사키의 말에 나는 "그렇군!" 하고 감탄하며 고개를 끄덕였다.

"그럼 내 옷도 그 방법을 이용하면 경비가 되겠네."

"응. 하지만 또 찢는 건 좋은 방법이 아니야."

"알아." 나는 키보드를 두드리기 시작했다.

그녀의 행동을 보고 있자니 하가도 옷을 벗고 싶어졌다. 그는 아르마니 양복을 벗고 넥타이를 풀고 셔츠도 벗었다. 그리고 라이터 불을 켜서 그 옷들을 태우기 시작했다. 아르마니 옷은 활활 탔다. 끝내는 구두까지 벗어 불꽃 속에 던졌다. 가죽 타는 냄새가 피어올랐다.

"이제 후련하네." 하가는 트렁크 팬티만 입은 모습이었다.

"네. 정말 홀가분하네요."

올려다본 시즈카의 얼굴에, 작은 모래 알갱이가 붙어 있었다. 이마에 난 땀이 뺨에서 목덜미를 타고 흘렀다. 그 땀을 보자 하가는 이곳이 하와이라는 실감이 달려드는 듯한 느낌이었다. 동시에 머릿속에서 하나의 멜로디가 흐르기 시작했다.

♪맑은 하늘

산들바람 ♪

"정말 올드하네. 더 좀 새로운 노래는 몰라?" 하마사키가 옆에서 말했다.

"하와이 노래 같은 거, 갑자기 나오지 않아."

"뭐, 됐다. 이런 식으로 종종 노래를 작품 속에 넣어줘. 그럼 자료 및 자료 검색 기자재로 노래방 세트를 경비에 넣을 수 있어."

하가의 노래에 맞춰 시즈카는 춤추기 시작했다. 그러나 발이 엉켜 그녀는 비틀거렸다. 하가가 급히 그녀를 부축했다.

"조심해요." 그가 말했다. "당신은 지금, 홀몸이 아니잖습니까?"

"네. 알고 있어요." 시즈카가 고개를 숙이고 대답했다. 그리고 다시 그를 올려다봤다. "하지만 정말, 그 사람이 여기 있을까요?"

"그럴 겁니다. 이 메시지에 따르면." 하가는 트렁크 팬티 안에서 한 장의 메모지를 꺼냈다.

거기에는 불가해한 숫자와 알파벳이 나열되어 있었다. 이쓰미 야스마사가 남긴 유일한 단서였다. 이 몇 개의 문자를 정리하면

'ASAHIKAWA'가 된다는 사실을 깨달은 것은, 사흘 전이었다.

"자, 여기서부터가 문제야."

"지난번 연재에서 암호를 해독하는 장면이 나왔어. 이쓰미 야스마사가 남긴 유일한 단서였지. 그 몇 가지 문자를 정리하자 'ASAHIKAWA'라는 답을 일단 냈다고. 그걸 어떻게 다루지?"

"아사히카와에도 갔던 것으로 하면 되지." 하마사키가 무책임하게도 그리 말했다. "그런데 그건 정답이 아니었던 거지. 또 다른 암호를 발견하고 그에 따라 목적지가 하와이가 된 거야, 어때? 그럼 아사히카와에 갔던 취재 여행도 경비로 넣을 수 있어."

"음. 그건 너무 억지야." 나는 그렇게 말하면서도 하마사키의 말을 따라 이야기를 진행했다.

이 암호문을 따라, 이틀 전, 하가와 시즈카는 아사히카와로 갔었다. 아사히카와의 거리는 눈으로 뒤덮여 있었다. 둘은 어깨를 꼭 붙이고 하얗게 얼어붙은 거리를 걸었다.

둘은 아사히카와 시내에, 이쓰미 야스마사의 비밀 작업장이 있음을 알아냈다. 그런데 그곳에 이쓰미는 없었다. 아니, 그것만이 아니라 그곳은 완전히 텅 비어 있었다.

"어떻게 된 거지? 분명히 암호문은 이곳을 가리켰는데." 하가는 너무 분해 주먹으로 벽을 내리쳤다.

"잠깐만요! 여기에 이상한 게 적혀 있어요." 시즈카가 방구석을 가리키며 말했다.

하가는 그곳을 봤다. 그러자 벽 구석에 칼 같은 것으로 새긴 문자가 있었다.

'KASAGANAI, ITSUMIYORI'

거기에는 그렇게 적혀 있었다.

"우산이 없다, 이쓰미가……?" 하가는 적힌 글자의 뜻을 해석해 읽고는 시즈카를 돌아봤다. "무슨 뜻 같나요?"

"모르겠어요." 시즈카는 고개를 저었다.

"비가 내렸는데 우산이 없어 곤란했다는 뜻일까요?"

"그런 얘기를 굳이 벽에 새겼을 것 같진 않은데."

"그러네요." 시즈카가 미간을 찌푸리고 고개를 기울였다.

하가는 다시 벽의 글자를 바라봤다. 암호문은 틀림없이 이곳을 가리켰다. 즉 이쓰미는 하가와 시즈카가 오리란 걸 알고 있었다. 그러므로 이 수수께끼 같은 문장도 두 사람을 위해 쓴 게 분명했다.

"카사가나이……라."

카사가나이, 즉 일본어로 '우산이 없다', KASAGANAI……. 하가의 머릿속에 다양한 글자들이 떠올랐다가 사라졌다.

마침내 하나의 빛이 그의 앞에 보였다.

"알았어!" 하가는 손뼉을 쳤다. "시즈카 씨, 알아냈습니다."

"네? 뭐예요?"

하가는 수첩을 펼치고 볼펜으로 거기에 'ASAHIKAWA'라고 적었다.

"여기서 카사를 없애는 겁니다." 그가 말했다.

"어? 우산이요?"

"우산……, 그러니까 K, A, S, A요."

하가는 'ASAHIKAWA'에서 K, A, S, A의 네 글자를 지웠다. 남은 글자는 'HIAWA'였다.

"이건, H, A, W, A, I라고 배열할 수 있습니다. 그러니까 하와이죠."

"하와이……." 시즈카의 눈이 커졌다.

"그렇습니다. 이쓰미는 하와이에 있어요." 하가는 그렇게 말하고 창 너머 남쪽 하늘을 가리켰다. "시즈카 씨, 하와이로 갑시다!"

네, 그녀는 힘차게 대답했다.

이렇게 둘은 하와이에 온 것이었다.

"됐어! 해냈어!" 나는 컴퓨터 화면을 보며 고개를 끄덕였다. "그래도 둘을 하와이로 데려오는 데 성공했어."

"하면 할 수 있네! 역시 프로 작가야." 하마사키도 감탄한 듯 말했다.

"이제는 무대를 아사히카와에서 하와이로 바꾸고, 원래 줄거리대로 쓰면 되겠어."

"무슨 소리야? 명목에 넣기 힘든 영수증이 아직 많다고." 하마사키는 파일 안에서 꺼낸 종이를 내 얼굴 앞에서 펄럭였다. "우선 하와이에서 쇼핑과 골프를 해야 해. 그런 장면을 작품에 넣으면 어떻게든 변명할 수 있어."

"알았어." 나는 컴퓨터로 다시 몸을 돌렸다.

호텔 체크인을 마친 하가와 시즈카는 일단 알라모아나 쇼핑센터로 갔다. 그것은 둘이 단순한 여행객이 아니라는 점을 악의 조직이 알아채지 못하도록 하기 위해서였다. 녀석들이 어디서 눈을 번뜩이고 있을지 모를 일이었다.

시즈카는 가방과 옷 다섯 벌과 구두 세 켤레를 샀고, 하가는 반바지와 셔츠, 페라가모 구두를 샀다. 그에 더해 시즈카는 향수와 화장품을 조금 샀다.

"이 정도면 평범한 여행객처럼 보이겠죠?" 하가는 양손에 종이봉투를 들고 말했다.

"맞아요. 하와이에 와서 쇼핑을 전혀 하지 않으면 주위 사람들이 수상하게 여기겠죠."

"그렇습니다. 우리는 이쓰미를 무사히 찾을 때까지는 절대 눈에 띄어선 안 됩니다."

"야스마사 씨를 찾을 수 있을까요?" 시즈카가 불안하게 말했다.

"걱정 마요. 반드시 찾아내겠습니다." 하가는 가슴을 두드렸다.

"하지만 단서가 하나도 없어요."

"아닙니다. 단서는 있습니다. 이쓰미는 골프를 밥보다 좋아했어요. 하와이에 와서 골프를 치지 않을 리 없습니다. 하와이의 골프장을 돌면 반드시 뭔가 잡을 수 있을 겁니다."

"돈다고 해도 종업원에게 묻는 것 정도로는 아무것도 알 수 없어요."

"물론 그렇죠. 그러므로 조금 힘들 수도 있겠으나 우리도 실제로 각 골프장에서 골프를 치는 수밖에 없습니다."

"어머, 그러네요. 힘들겠네요."

둘은 근처 골프용품점에 들어가 골프 세트와 캐디 백, 골프화, 그리고 골프 웨어를 골고루 갖추었다.

4

하마사키가 계산기를 탁탁 두드렸다. 액정 화면을 보고 음, 하고 신음한 후 계산기를 이쪽으로 돌렸다.

음, 이번에는 내가 신음할 차례였다.

"아직 멀었어." 하마사키가 말했다. "다른 영수증 더 없어? 1만이나 2만 같은 소액이 아니라 수십만 정도의 영수증."

"없어." 나는 한숨을 쉬었다. "긴자 같은 비싼 거리의 술집에서 놀지도 않고 작업실을 따로 빌리지도 않았으니까."

"소설 매수는 어때? 아직 여유가 있어?" 하마사키가 물어왔다.

"아니야, 이제 곧 이번 분량은 끝나가."

"그럼, 얼마 안 되는 남은 매수를 유효적절하게 써야겠어."

연재소설 『얼어붙은 거리의 살인』은 이미 줄거리가 엉망이 되어버렸다. 주인공들은 몇 개의 골프장을 돌았고 크루즈를 탔고 쇼핑한 후 끝내 별다른 수확 없이 일본에 돌아왔다. 그리고 나리타에 도착하자마자 이번에는 구사쓰 온천에 갔다. 이는 말할 필요도 없이 우리가 올가을에 갔던 온천 여행의 경비를 털기 위해서다.

계단을 오르는 발소리가 들렸다. 엄청나게 큰 소리였다.

"여보." 그녀는 문을 열면서 말했다.

"이건 어때?" 손에 든 봉투를 이쪽으로 내밀었다.

"그게 뭔데?"

"영수증이야. 친정에 가서 받아왔어."

"아니, 그거 정말 고맙군." 나는 봉투를 받아 내용물을 꺼냈다.

"내조의 여왕이십니다." 하마사키가 치켜세웠다.

아내의 친정은 우리 집에서 걸어서 15분쯤 떨어진 곳에 있다.

"하지만 그거 쓸 수 있을까?" 아내가 걱정스러운 표정으로 말했다.

"아, 글쎄." 나는 영수증을 살폈다. 바로 내 얼굴이 흐려짐을 느꼈다.

"어때?" 하마사키가 물었다.

"안 돼. 아무래도 쓸 수 없을 것 같아." 나는 그렇게 말하면서 영수증 다발을 하마사키에게 건넸다.

"어디 좀 보자." 그는 그렇게 말하고 종이 다발을 쭉 훑었다. 조금 후 그가 복잡한 표정을 지었다.

"아무래도 안 되겠지?" 내가 말했다.

"목욕탕 개축 공사에 50만 엔, 자동차 수리 19만 엔……." 하마사키는 머리를 긁었다. "본인 집 목욕탕이나 자동차라면 그래도 설명할 수도 있겠지. 하지만 부인 친정집 공사야."

"취재라고 하면 어떨까?" 내가 물었다. "작품 속에 목욕탕 개축이나 자동차 수리 장면을 넣으면."

"아냐, 그건 안 될 거야. 개축한 목욕탕이나 수리한 자동차를 부인 친정에 사용할 테니까 증여세를 물게 돼."

"그래?"

"하지만." 하마사키는 턱에 손을 댔다. "목욕탕과 자동차를 일 때문에 일부러 부쉈다면 설명이 될 듯도 한데."

"뭐, 뭐라고?"

"소설을 쓰는 데 아무래도 필요해서 일부러 부인 친정의 목욕탕과 자동차를 망가뜨린 것으로 하지. 하지만 그대로 둘 수는 없으니까 수리 비용은 네가 낸 것으로 하자."

"그렇군." 나는 그렇게 말하고 하마사키에게 물었다. "하지만 목욕탕과 자동차를 의도적으로 망가뜨리지 않으면 쓸 수 없는 소설이란 게 있을까?"

"그걸 생각하는 게 자네 역할이지. 아, 그리고 다음 고액 영수증은……." 하마사키는 아내가 가져온 영수증 다발을 넘겼다. "걸개 20만 엔, 항아리 33만 엔…… 이건 뭐죠?"

"아버지가 골동품을 좋아해요." 아내가 말했다.

"그래서 한 달에 몇 번씩 골동품점에 가서 잡동사니로밖에 여겨지지 않는 것들을 사 오는데……."

"응. 이건 쓸 수 있겠다." 하마사키는 무릎을 치고 내 쪽을 봤다. "너, 지금부터 소설 속에 골동품에 관한 학식을 적어 넣어."

"뭐? 하지만 나는 골동품에 관해 아무것도 몰라."

"괜찮아. 적당히, 그럴듯하게 써. 그럼 소설에 사용할 골동품 공부를 하기 위해 교재로 몇 개를 사들였다고 할 수 있어. 골동품에는 자료적인 가치가 있는 것도 적지 않으니까."

"그럴듯하게 쓰라 해도……." 나는 벅벅 머리를 긁었다.

"그 방법을 사용하면 이것도 이용할 수 있어." 하마사키는 한 장의 영수증을 내게 보여줬다.

그것은 에스테틱 살롱 영수증이었다. 나는 아내의 어머니가 다닌다는 이야기를 떠올렸다.

"여보, 그리고 이건 못 쓰겠지?" 아내가 종이 한 장을 내밀었다. 받아들고 보니 그건 슈퍼마켓 영수증이었다.

소고기, 파, 두부, 실 곤약, 달걀……. 오늘 밤의 스키야키 재료가 거기에 적혀 있었다.

5

『얼어붙은 거리의 살인』 제10회(이어서)

구사쓰 온천 지역에서 차로 20분쯤 달린 곳에서 하가는 브레이크를 밟았다. 포장되어 있지 않은 도로를 향해 하얀 건물 하나가 서 있었다. 뒤로는 숲이 바싹 붙어 있었고 둘러보는 한 민가는 없었다.

"추리에 따르면 이쓰미는 여기에 있을 겁니다." 하가는 차에서 내려 저택을 올려다보며 말했다.

"어디로 들어가면 좋을까요?" 시즈카가 두리번두리번 주위를 둘러봤다.

"그야 당연히 현관으로 가야죠." 하가는 그렇게 말하고 걷기 시작했는데 바로 걸음을 멈췄다. 그리고 다시 건물을 봤다. "이상하네. 어디가 현관이지?"

"그래서 저도 이상하다고 생각했어요." 시즈카가 말했다.

그것은 자세히 보니 기묘한 건물이었다. 전체가 하얀 벽토로 덮여 있었다. 출입구 없이 창도 작은 것 하나가 전부였다.

하가는 유일한 창문 밑에 차를 대고 자동차 보닛을 밟고 올라가 작은 창문으로 안을 들여다봤다. 안은 캄캄했다. 자세히 보니 어둠 속에 누군가가 쓰러져 있는 게 보였다.

"이봐요!" 하가는 안에 쓰러져 있는 사람을 불러 봤다. 그런데 반응이 전혀 없었다.

하가는 어떻게든 창문으로 들어갈 수 있지 않을까 생각했다. 하지만 창문 크기가 30센티미터 정도밖에 되지 않아, 아무래도 통과할 수 없을 듯했다.

"누가 안에 있어요. 구해내죠." 하가가 시즈카에게 말했다.

"어떻게 구해요?"

"내게 맡겨요."

차에 탄 하가는 일단 최대한 후진했다. 그리고 차의 방향을 건물에 맞추고 이번에는 힘껏 액셀을 밟았다.

엄청난 소음과 함께 충격이 하가의 몸을 덮쳤다. 차는 앞부분이 찌그러졌다. 건물도 벽이 거의 무너져 있었다.

하가는 다시 차를 후진했다가 조금 전과 마찬가지로 건물에 충돌했다. 이번에는 벽이 완전히 무너졌다. 그런데 그곳은 아무래도 목욕탕 같았다. (이 장면을 쓰기 위해 **목욕탕과 차의 파괴 실험이 필요. 각각의 수리비를 경비로 처리**)

"어머, 야스마사 씨!" 시즈카가 소리쳤다.

목욕탕에 쓰러져 있던 사람은 이쓰미 야스마사였다. 이미 얼굴은 흙빛이었다. 하가는 일단 맥을 짚어봤으나 그가 눈 뜰 가망은 없을 듯했다.

"죽었군." 하가가 중얼거렸다.

시즈카가 소리 내어 울기 시작했다.

하가는 이쓰미의 몸을 조사했다. 후두부에 피가 말라붙어 있었다. 무언가로 얻어맞은 듯했다.

하가는 주위를 둘러봤다. 하얀 바탕에 선명한 무늬가 그려진 고이마리* 항아리가 눈에 들어왔다. "이게 흉기인 듯하네요." 하가가 말했다. (고이마리라는 걸 쓰기 위해 골동품에 대해 취재. 사들인 자료 몇 점을 경비로 처리)

"왜 이런 짓을?" 시즈카는 울어서 부은 눈으로 항아리를 노려봤다. 아이섀도가 번져 뺨에 파란 줄이 그어졌다. 그 아이섀도는 올해 유행하는 색으로 장미 색깔의 립스틱과 맞춰 산 것이다. (이 장면을 묘사하기 위해 화장에 대해 취재. 자료로 산 화장품 수십 점 요금을 경비로 처리)

"일단 경찰에 알리죠." 하가는 다시 자동차의 시동을 걸려 했으나 조금 전 충돌로 고장이 난 듯 꼼짝도 하지 않았다. "이거 곤란하게 됐네. 이런 데서 꼼짝하지 못하게 되면 안 되는데."

"지나가는 차를 잡아요."

시즈카는 도로 옆에 서서 미니스커트를 살짝 올리는 대담한

---

* 아리타 지방을 중심으로 생산된 도기

모습으로 히치하이크를 시작했다. 그러나 어떤 차도 세워주지 않았다.

"이럴 리 없는데." 시즈카는 분한 나머지 이를 바드득 갈았다. (이를 가는 **연습하다가 의치 파손. 경비 처리**)

마침내 차 한 대가 멈췄다. 그런데 운전자는 뜻밖에도 여성이었다.

"당신, 그런 모습으로 히치하이크는 무리야." 여성 운전자가 말했다.

"어머, 죄송하네요." 시즈카가 부루퉁하게 대답했다.

"내가 해결해줄게요. 일단 타요."

다행히 시즈카가 그 차에 타게 되어 하가도 함께 타게 되었다. "경찰에 가주십시오." 그가 말했다.

"그건 나중에. 일단 따라와요." 운전자 여성이 말했다.

하가와 시즈카가 실려 간 곳은 에스테틱 살롱이었다.

"자, 여기서 일단 예뻐지라고."

하가와 시즈카는 침대에 눕혀졌다. 여성 운전자는 유명한 에스테틱 사장이었다. 피부 관리사라고 불리는 여성들이 나타나 둘의 온몸에 크림을 마르고 마사지했다. (**에스테틱 비용을 경비 처리**)

에스테틱을 나온 둘은 경찰서로 향했다.

형사를 데리고 현장에 돌아왔다. 그러자 그 하얀 건물은 불타고 있었다.

"이런!" 하가가 소리쳤다. "우리가 자리를 비운 동안 범인이 불을 질렀어."

바로 소방서에 연락이 갔다. 바로 소방차가 도착해 불을 껐다. 하지만 건물 대부분이 타서 내려앉았다.

하가는 화재 현장을 조사했다. 그런데 이쓰미의 사체는 어디에도 없었다.

"이상하네. 어디로 사라졌지?" 하가가 중얼거렸다.

화재 현장에서 몇 가지 물품이 발견되었다. 우선 여성용 기모노 다섯 벌이 재가 되어 나왔다. 그중 한 벌은 오시마 비단이었다. 모두 새까만 재가 되었다. (실제로 태우는 실험. 기모노 다섯 벌 분량을 경비 처리)

또 진주 목걸이와 1캐럿 다이아몬드 반지도 재가 되었다. (마찬가지로 목걸이와 반지를 경비로)

"다른 건 또 없습니까?" 하가는 현장을 계속 조사하고 있는 수사원들에게 말을 걸었다.

"피해자는 여기서 며칠간 생활한 듯해." 수사원이 말했다. "식료품으로 보이는 게 여럿 있어."

"어떤 거죠?"

"아, 그러니까" 수사원이 말했다. "소고기, 파, 두부, 곤약, 달걀……." (이들 식품을 태웠을 때, 어떻게 되는지 조사하기 위해 실험했다. 재료비는 경비 처리)

6

2월 20일, 나는 하마사키의 도움을 받아 확정 신고를 마쳤다.

억지스러운 방법으로 나는 방대한 액수의 필요 경비를 만들어 내는 데 성공했다. 덕분에 예년보다 수입이 많았음에도 불구하고 나는 환급금을 받을 것이다. 우리는 축배를 들고 만세 삼창했다.

그런데 3월 20일, 나는 지방 세무서의 호출을 받았다. 그리고 필요 경비의 명세서를 제출하라는 요구를 받았다.

나는 『얼어붙은 거리의 살인 제10회』의 원고 복사본과 함께 서류를 제출했는데 일부를 제외하고는 경비 대부분을 인정받지 못했다.

덕분에 막대한 액수의 세금을 요구받았다.

나는 아내와 함께 어쩔 줄 몰랐다.

지금도 여전히 어쩔 줄 모르고 있다.

『얼어붙은 거리의 살인』 제10회를 쓴 이후 어떤 출판사로부터
도 연락이 오지 않고 있다.

『얼어붙은 거리의 살인』도 연재가 중단되었다.

어쩌지.

이과계 살인사건

이과계 살인사건

이 소설이 취향에 맞지 않는 분은 그냥 넘기세요.

1

날씨가 좋은 일요일이라, 오랜만에 역 쪽까지 산책해보기로 했다. 보통은 버스를 이용할 때가 많으나 걸어도 30분 남짓한 거리다.

역 앞으로 나가 제일 먼저 책방에 들어갔다. 여기서 미스터리 문고판을 산 다음 파친코에 들렀다가 돌아오는 게 이때의 내 계획이었다.

휴일이라 그런지 책방에는 손님이 많았다. 그래도 사람들이 모인 곳은 잡지 진열대뿐이다. 젊은 여성들은 패션 잡지에 손을 뻗고, 남자들은 더 자극적인 화보가 실린 잡지를 찾는 듯 보였다. 바이크나 스포츠 같은 취미 관련 잡지도 팔리는 듯했다. 최근에는 TV 프로그램만을 다루는 잡지도 상당히 매출이 늘었다고 들었다.

하지만 휴간을 결정하는 잡지도 적지 않다. 과열 경쟁에 살아남지 못한 사례일 수도 있겠으나 그 분야 자체의 인기가 떨어진 점도 원인이리라.

그 예가 과학 잡지다.

한때는 여러 회사에서 냈었는데 요즘은 줄어들었다. 여기서도 이과계 외면 경향이 드러나고 있는 것이리라. 애독하던 잡지가 휴간해 나처럼 쓸쓸한 심정을 품은 사람도 있겠으나 아무래도 소수인 듯하다.

잡지 외에 인기 있는 분야라고 하면 만화 쪽이다. 다만 이곳에 사람이 운집하는 일은 없다. 책마다 비닐로 포장되어 있어 서서 읽을 수 없기 때문이다. 만약 그게 가능하면 이 책방은 아이들로 넘쳐날 게 분명하다.

문학 분야는 여전히 인기가 없다. 베스트셀러라는 팻말이 붙은 책장에도 손님이 없었다. 십만 부만 팔리면 베스트셀러가 되는 문학 도서와 초판 백만 부도 드물지 않은 만화와의 차이가 여기에 있다.

나는 활자 애호가이기는 하나 그렇다고 양장본을 사는 일은 없다. 이유는 세 가지다. 첫째는 가격이 비싸다. 조금 기다리면 싸게 문고판이 나오는데 굳이 비싼 돈을 내는 사람의 심리를 모르겠다.

다음으로 가지고 다니기 성가시다. 특히 요즘은 페이지가 많아 두꺼운 책이 늘어나고 있다. 그런 걸 들고 출퇴근 차 안에서 펼칠 수는 없다. 이불 안에서 누워 읽을 때도 고통스럽다.

그리고 마지막으로, 읽은 후에도 문제다. 그리 넓지도 않은 집인데 양장본을 보관할 여유가 없다. 문고판이라면 부피가 크지 않고 버려도 마음이 가볍다.

그런 이유로 나는 이날도, 한눈팔지 않고 문고판 책장을 향해 가고 있었다.

그런데―.

쌓아 올려진 신간 앞을 지날 때 불가사의한 감각이 나를 덮쳤다. 음산한 표현을 쓰자면 유령이 뺨을 쓰다듬은 듯한 감각이었다. 다만 차갑지 않았다. 따뜻한 감촉이었다. 나도 모르게 그쪽을 봤다.

어라! 소리를 지를 뻔했다.

쭉 놓인 책 사이에서 순간 빛을 내뿜는 게 있었다. 시선을 던진 순간 그 빛은 사라지고 없었다. 착각이라고는 생각할 수 없었다.

나는 빛의 근원으로 추정되는 책에 손을 뻗었다. 그것은 검은 표지의 양장본이었다. 제목은 『이과계 살인사건』이었다. 작가는 사이 엔슈라고 되어 있는데 이는 아마도 '사이언스'에서 따왔을 것이다.

나는 표지를 펼치고 페이지를 넘겼다.

2
『이과계 살인사건』에서

살인 현장인 연구실에 놓여 있는, 칠판 크기의 공동 작업용 컴퓨터 디스플레이에는 이렇게 적혀 있었다.

"광원 A와 반사거울 C가 있는 계(系)를 생각한다. 이 계가 속도 v로 곧장 옆으로 이동한다고 치자. A에서 C를 향해 쏘아진 빛은 C에서 반사되지 않는다. 빛이 도달했을 때 이미 거기에 C는 없기 때문이다. 마이컬슨-몰리의 실험 해석에는 오류가 있다. 광원과 반사거울이 이동하고 있고 나아가 양자 사이를 빛이 왕복했다면 그것은 A에서 C를 향해 쏘아진 빛이 아니라 애당초 서로 관계가 없는 방향으로 산란했을 구면파의 빛이다. 따라서 A-C 사이를 이동한 빛의 외면적인 속도는 $c-v \cos \theta$로, 이를 대입해 근사 방정식을 이용하면 설명할 수 있다. 즉 아인슈타인은 틀렸다."

그리고 디스플레이 바로 옆에, 우주 물리학자인 이치이시 박사가 죽어 있었다. 책상에 엎드린 자세로, 마치 잠든 듯 숨을 거둔 것이었다.

시신을 발견한 조수는 예전부터 이치이시 박사와 절친했던 노구치 박사를 부르러 갔다. 노구치는 의학 박사로 생명공학의 권위자이기도 하다.

노구치는 시신을 자세히 관찰한 후 경찰에 연락하라고 조수에게 지시했다.

"타살 혐의가 있어"라는 게 이유였다.

곧 현지 경찰은 수사원들을 출동시켰다. 그런데 검시에 입회한 형사조사관은 고개를 갸웃했다.

"이건 노환 같은데요. 상당히 고령이었던데다 외상도 없고. 독극물이 들어간 흔적도 없습니다."

하지만 노구치 박사는 고개를 저었다.

"이 연구소 연구원들의 건강 상태에 대해서는 완벽하게 점검이 이루어지고 있소. 이치이시 박사는 분명 고령이나 아직 시한까지는 시간이 남아 있었소."

"그러나 노화는 자기도 모르게 찾아오는 법이죠."

형사조사관의 말에 노구치는 미간을 찌푸리고 크게 숨을 들이켰다.

"각자의 노화에 대해서도 우리 연구소 의학팀이 다 파악하고 있소. 세포 수준으로. 무엇보다 성체가 된 포유동물의 세포는 세 종류로 나눌 수 있소. 고정성 분열 종료 세포군, 증식성 분열 세포군, 가역성 분열 종료 세포군까지 세 개요. 이 셋 모두 나이가 들수록 감소하지. 예를 들어 사람의 말초 혈액 속의 림프구 수가 나이가 들면서 줄어드는 것은 림프구를 공급하는 간세포(幹細胞)가 줄어들기 때문이오. 이 간세포는 증식성 분열 세포군에 들어간다오. 또 대뇌 피질이나 소뇌 피질의 신경세포도 나이와 함께 줄고, 간(肝)의 세포도 마찬가지요. 신경세포는 고정성 분열 종료 세포군에 속하고, 간의 세포는 가역성 분열 종료 세포군에 포함되네. 이처럼 세포의 숫자만으로도 노화를 파악할 수 있는데 그 밖에도 세포 용적의 증대, 세포핵의 배열 상태 등으로도 점검할 수 있소. 세포만이 아니라오. 세포 외기질도 나이가 들며 변화하지. 콜라겐의 경우는 단백질 사이에서 가교 반응이 진행되어 딱딱해져 약해지지. 또 기질 단백은 글루코스가 공유 공급해 평소와는 다른 정보를 세포에 전달하게 되지. 그럼 왜 세포 숫자가 줄어드느냐의 문제인데, 저마다 필요한 생존 인자가 있고 그게 부족하면 아포토시스(세포 예정사)가 유도된다는 설이 유력하다네. 이 밖에도 세포 분열이 어려워지리라 추정할 수 있지. 앞서 말한 가역성 분열 종료 세포군의 세포는 필요에 따라 분열할 수 있는데 헤이플릭 세포 분열의 한계라는 게 존재하네. 일테면 내피세포, 섬유아세포, 민무늬근세포, 교세포 등은 50회에서 100회 정도밖에 분열하지 않지. 이런 작동에 대해 우리는 염색체 말단 입자인 텔로미어라는 것에 주목하고 있소. 진핵세포의 염색체 양 끝에 TTAGGG라는 반복 배열로 이루어진 텔로미어가 존재하는데 복제할 때마다 이 텔로미어 유닛이 떨어져 나가는 거요. 이걸 다 쓰면 분열이 종료된다는 가설을 우리는 가지고 있소."

거의 숨 한 번 쉬지 않고 단숨에 떠들어댄 노구치 박사는 얼빠진 표정의 형사조사관을 향해 위압적인 말투로 말했다. "그런 이유로 이치이시 박사가 노환으로 죽을 만큼 노화했는지 아닌지는 우리가 더 잘 파악하고 있단 거요. 그리고 그런 사실은 없다고 단언할 수 있소. 그러니까 타살이오. 알겠나?"

"예? 아, 알겠습니다. 어쨌든." 형사조사관은 머리를 긁적였다. "알겠습니다. 그렇다면 이치이시 박사의 사인은 뭡니까?"

"흠." 노구치 박사가 고개를 끄덕이며 말했다. "아마도 뇌 혈전일 거요."

"뇌 혈전……이라면 역시 병사 아닙니까?"

형사조사관의 말에 의학 박사는 정말 한심하다는 듯한 표정을 지었다.

"몇 번이나 똑같은 소리를 해야 한단 말이오! 이치이시 박사의 혈관은 그렇게 노화되지 않았다고 하지 않았나?"

"그럼 누군가가 의도적으로 뇌 혈전을 일으켰단 말입니까?"

"그렇게 생각하는 게 타당할 거요." 노구치 박사는 팔짱을 끼고 두세 번 고개를 끄덕였다.

"그런 게 가능합니까?"

"가능하지. 히로린-α라는 걸 쓰면."

"히로린……, 그게 뭡니까?"

"뇌 혈전은 혈관 노화로 일어나지. 그리고 혈관 노화의 열쇠를 쥐고 있는 것은 혈관 내벽을 덮은 내피세포요. 이 내피세포를 증식시키기 위해서는 뇌와 암세포에 포함되어 있는 FGF라는 성장인자가 필요하다는 건 알고 있겠지. 이 FGF가 없으면 세포는 멈출 뿐만 아니라 아포토시스로 이어져 죽어가지. 나아가 우리는 어떤 약품을 투여하면 이 FGF의 분비가 억제된다는 사실을 알아냈소. 그 약품이 바로 히로린-α요. 즉 이 약품을 사용하면 의도적으로 혈관 노화를 촉진해 뇌 혈전이나 심장병을 유도할 수 있소."

"그, 그 히로린-α는 어디에 있습니까?" 지금까지 잠자코 박사와 형사조사관의 대화를 듣고 있던 수사1과의 경부가 갑자기 끼어들어 물었다.

"세포 생물학 실험실에 있을 거요. 누가 훔쳐 가지 않았다면."

노구치 박사의 이야기를 듣고 경부는 부하를 데리고 달리기 시작했다.

3

나는 선 채 거기까지 읽고는 『이과계 살인사건』 책을 덮었다. 사실은 여기까지 읽는 데도 상당한 시간이 걸렸다. 등장인물 중 하나인 노구치 박사가 떠드는 내용을 파악하는 데도 몇 번이나 같은 곳을 반복해 읽어야 했다. 또 처음에 나오는 디스플레이에 적힌 문장을 이해하는 데도 조금 시간이 걸렸다.

나는 그 책을 들고 계산대로 향했다. 오늘은 문고판은 단념하자. 가끔은 양장본을 사는 것도 나쁘지 않겠어.

책방을 나와 파친코 앞을 그대로 지나쳐 처음 눈에 띈 카페로 들어갔다. 가게 안은 밝고 썰렁했다. 운이 좋네. 여기라면 느긋하게 책을 읽을 수 있겠다.

가장 안쪽 자리에 앉아 커피를 주문했다. 그리고 재빨리 사 온 책을 펼쳤다.

이야기 속에서 수사원들이 세포 생물학 실험실을 수색하기 시작했다. 역시 히로린-α 샘플 몇 개가 도난당한 상태였다. 그 샘플은 각각 조금씩 조건이 달랐는데 그 차이에 관해 실험실장이 말하는 내용 또한 굉장하다고 할 수밖에 없었다. 무엇보다 네 페이지에 걸쳐 전문 용어를 구사한 설명이 한없이 이어지는 것이었다. 게다가 그게 다가 아니었다. 조금 전의 노구치 박사가 찾아와, 작용 과정에 대해서도 두 페이지쯤 해설하는 식이다.

그런 부분을 그럭저럭 독파했을 때 커피잔으로 손을 뻗었다. 커피는 이미 식어 있었다. 언제 가져다 놓았는지조차 알지 못했다.

나는 『이과계 살인사건』으로 시선을 떨어뜨렸다. 앞으로도 이런 내용이 이어질까. 그렇다면 말도 안 되는 책이라고 생각했다. 그리고 이런 책을 좋다고 읽는 자신이 우스웠다.

나는 중학교에서 과학을 가르치고 있다. 스스로 이과계 인간임을 자부하고 있다. 그런데 요즘 세상은 이과계가 살아가기 아주 힘들다. 조금이라도 이쪽 분야 얘기를 하면 상대는 바로 싫은 내색을 했다.

그래서 더욱더 『이과계 살인사건』이라는 제목을 단 책이 있다면 읽지 않을 수 없는 노릇이다. 도대체 어떤 콘셉트로 썼을지 영 마음에 걸리는 것이다.

이야기의 무대는 국립 최첨단과학연구소다. 이곳은 실제로 존재하는 기관이라 나는 조금 놀랐다. 소설에 실명을 써도 되나 싶었기 때문이다. 그러나 경시청이나 과학기술청 같은 명칭은 다른 소설에서도 사용하니까 공공 기관일 경우는 허용되는지도 모르겠다.

국립 최첨단과학연구소는 2년 전에 세워졌다. 모든 분야의 전문가가 모여 각 방면의 최첨단 연구를 밤낮없이 수행한다고 들었다. 어떤 연구가 이루어지는지, 일반인에게는 전혀 공표하지 않고 있다. 그러므로 그 모습을 들여다볼 수 있다는 것만으로도 이 책은 가치가 있다.

이야기 속에서는 형사가 살해된 이치이시 박사와 대립했던 호우킨 교수에게 혐의를 두는 부분으로 접어들고 있었다.

4
『이과계 살인사건』에서

"듣기로는 말입니다, 선생님은 얼마 전 이치이시 박사님과 상당히 격렬한 논쟁을 하셨다는데요. 그게 사실인가요?" 형사가 호우킨 교수에게 물었다. 이곳은 국립 최첨단연구소 안에 있는 교수의 방이다.

호우킨 교수는 의외라는 듯 하얀 수염으로 감싸인 입가를 일

그러뜨렸다. 수염은 풍성한데 머리에는 털 한 올 없었다.

"말싸움이라니 오해요. 우리는 토론했을 뿐이오. 토론이야말로 학문을 발전시키는 자양분이지. 알겠소?"

"그거야 뭐 알죠. 하지만 그 자리에 있던 사람들 말로는 상당히 흥분하셨다고 하던데요. 그래서, 아, 그러니까, 이치이시 박사님이 호우킨 선생님에게, 그게, 귤 대가리라고 했다고. 그래서 선생님께서 죽여버리겠다고 소리쳤다는데. 그게 사실입니까?"

"흥!" 교수는 콧방귀를 꼈다. "기억나지 않소."

"일단 그때 무슨 말씀을 하셨는지 대강이라도 설명해주시겠습니까?"

"좋소." 교수는 의자에서 자세를 고쳤다. "우리 토론의 핵심은 허블 상수와 은하계 나이의 모순을 어떻게 설명할 것인가였소. 허블 상수는 자네도 알 텐데 에드윈 파월 허블이 「외부 은하들에서 거리와 시선 속도 사이의 관계에 대하여」라는 논문을 통해 발표했지. 은하의 후퇴 속도는 거리에 비례한다는 비례 상수요. 허블은 이를 바탕으로 우주가 팽창하고 있다고 주장했소. 그런데 문제는 그 허블 상수가 얼마냐는 거요. 발표 당시에는 50㎞/s/Mpc(킬로미터/초/메가파섹)이었는데, 이를 바탕으로 계산하면 지구 나이보다 우주 나이가 짧다는 모순이 생긴다는 것이오. 이와 관련해 '우주는 팽창하고 있으나 나이는 무한하고 그 모습은 변화하지 않는다'라는 정상 우주론이 제창되기도 했으나 결국은 허블 상수에 문제가 있음이 밝혀졌소. 그리고 마침내 결정판이라고 할 수 있는 허블 상수가 발표되었지. 미국 카네기천문대의 프리드먼 박사팀이 허블우주망원경을 이용해 처녀자리 은하 성단 중 은하 M100에 있는 세페이드 변광성의 주기 절대 광도 관계를 정밀하게 구한 결과, 허블 상수를 80±17이라고 정했소."

"그 숫자에 대해 선생님과 이치이시 박사님의 의견이 달랐나요?" 형사가 땀을 줄줄 흘리며 메모하면서 물었다.

"아니, 이 숫자는 둘 다 받아들였소. 문제는 이에 의해 산출한 우주 나이였지. 이 숫자를 바탕으로 계산하면 약 80억 년에 불과해. 방사성 동위 원소의 존재량 등을 통해 태양계와 지구의 나이는 약 46억 년으로 확정되어 있으니까 그건 문제가 되지 않소. 문제는 은하계의 나이지. 은하계의 나이를 결정하는 방법 중에 현재 가장 높은 정밀도를 자랑하는 것은 구상성단의 나이로 추정하는 방법이지. 구상 성단은 탄생 시기가 같고 중원소가 적은 작은 별들의 집합을 말하오. 시간과 함께 질량이 큰 별부터 모습을 감추므로 주요 계열에서 떨어져 나오려고 하는 별의 수명을 이론 모델로 계산하면 구상 성단 자체의 나이를 추정할 수 있소. 이렇게 구한 구상 성단의 나이는 140±20억 년이오. 즉 허블 상수로 구한 우주 나이보다 많지. 은하계 나이를 결정하는 방법에는 다른 방사성 동위 원소를 이용하는 방법도 있소. 우라늄과 토륨 등의 현재 상대 존재 비를 통해 은하가 언제 탄생했는지를 구하는 방법이오. 물론 여기에는 별의 폭발로 중원소가 공급되는 시대와 태양계에 들어와 공급이 중지되는 시대를 고려해 원소 전환 과정을 풀 필요가 있지. 이 방법으로 산출한 은하계의 나이는 150±40억 년이오. 역시 허블 상수에 의한 은하계 나이보다 많지. 이 모순을 어떻게 설명할 것인가. 그 점에서 나와 이치이시 박사는 의견이 갈라졌소."

"아, 그랬나요." 형사는 이미 메모라는 걸 포기하고 있었다.

"이 모순에 대한 내 가설은 이렇소. 애당초 단일한 허블 상수를 이 우주 전체에 대입해도 좋을 것인가. 측정 방법이나 수치 자체에 불만은 없소. 하지만 대체로 100메가파섹 거리 안에 수렴되는 우주를 관측한 결과에 지나지 않지. 1천 메가파섹을 넘는 규모에서 보려면 허블 상수도 바뀌어야만 한다는 게 내 가설이오. 그걸 증명할 보고도 있소. 퀘이사*에서 동시에 나온 두 개의 빛이 중력 렌즈에서 어떻게 왜곡되는지를 관측해 1천 메가파섹 너머의 허블 상수를 구한 결과 50 이하의 숫자가 나왔소. 이 결과를 듣고 나는 내 가설에 자신을 얻었지. 그런데 그 해골 같

---

* 블랙홀이 주변 물질을 집어삼키는 에너지에 의해 형성되는 거대 발광체.

은 남자는, 아니 이치이시 박사는." 호우킨 교수는 헛기침한 후 계속했다. "우주 상수 같은 과거의 유물을 들이대려고 하더군. 도무지 이해할 수 없어. 우주 상수란 미지의 우주 척력을 만들어 내는 것이오. 물론 이를 우주 방정식에 넣으면 우주를 평탄하게 유지하고 우주 나이를 늘릴 수 있소. 저 멀리 있는 은하의 수나, 중력 렌즈의 수도, 계산 결과에 가깝지. 그러나 말이오, 어차피 앞뒤를 맞추려는 고육지책에 불과해. 이론과 결과를 끼워 맞추기 위해 근거도 분명하지 않은 상수를 꺼내는 일은 연구자가 할 짓이 아니지. 무엇보다 우주 상수를 제일 먼저 얘기한 아인슈타인 본인도 잘못을 인정했다고. 내가 그렇게 반박하니 그는 내게 아무것도 모르는 사람, 그리고 귤 대가리라고……. 아아, 아무리 머리숱이 적더라도 할 말이 있고 해선 안 될 말이 있지! 그래서 나도 말했던 거요. 죽여버리겠다고. 흥. 싸움을 걸어오니까 받아준 거지. 그게 뭐가 나쁜가?"

5

나는 책에서 고개를 들고 웨이터를 불러 커피 한 잔을 더 주문했다. 커피 한 잔으로 카페에서 한 시간 이상 버티고 있을 만큼의 뻔뻔함을 나는 지니고 있지 못하다.

　이야기 속에서는 수사원들이 살해된 이치이시 박사와 관련된 인물을 하나씩 조사하는 장면이 이어졌다. 주로 우주 물리학을 연구하는 사람들로, 그때마다 호우킨 교수 때와 같은 대화가 이루어졌다. 연구자들은 각자의 연구 주제를 말하는데 거기에는 아무래도 이치이시 박사와 대립하는 인물인지를 독자에게 알려주려는 목적이 있는 듯했다. '우주의 거품 구조', '진동', '거대 중력원'이라는 이론과 관련된 얘기들이 툭툭 나왔다. 그 설명을 하나씩 읽는 것만으로도 힘들었다. 다만 아주 기분 좋은 피로감이었다. 과학의 세계를 경험하고 있구나, 하는 기쁨이었다.

　또 의학팀에서는 다시 이치이시 박사의 몸을 조사했는데 역시 의도적으로 혈관을 노화시켰음을 밝혀냈다. 이 장면에서도 이제까지 들은 적 없는 의학과 생명공학 용어가 홍수처럼 밀려들었다. 엄청난 쾌감이었다.

　그러는 과정에서 경찰은 여기 국립 최첨단과학연구소가 어떤 장대한 계획을 실행하려 했음을 알아낸다. 그것은 이과계 인간만을 격리해 육성하려는 것이었다. 그리고 그 계획의 중심인물이 이치이시 박사였다.

　이 부분은 왠지 신경 쓰이는 부분이라, 나는 더 집중해 읽기로 했다.

6

『이과계 살인사건』에서

"그 계획에 대해 자세히 설명해주시겠습니까?" 현경 본부의 형사부장이 말했다. 이제 이야기는 수사1과의 한 개 반만으로 처리할 수 있는 평범한 게 아니었다.

형사부장의 앞에는 원형 테이블이 있고 각 연구 기관을 대표하는 연구자들 열몇 명이 앉아 있었다. 바로 입을 여는 사람은 하나도 없었다. 이윽고 중앙에 앉아 있던 인물이 일어났다. 이 연구소의 부소장인 온다 박사였다. 소장은 죽은 이치이시 박사였다. 온다는 분자생물학의 권위자이기도 했다.

"계획의 정식 명칭은 베이비 사이언티스트 계획이라고 합니다. 한마디로 이과계 재능을 지닌 갓난아이만 한군데 모아, 어릴 때부터 전문적으로 교육하는 겁니다."

"아하, 영재 교육기관이란 소립니까?"

"불특정 다수의 아이 모두에게 같은 교육을 받게 하고 시험을 거쳐 과학 쪽에 우수한 사람을 고르는 게 기존 방식이죠. 그러나 이 방법에는 많은 문제점이 있습니다. 우선 정확도가 떨어집니다. 현재의 시험 시스템으로는 테크닉만 배우면 이과 감각이 없더라도 수학이나 물리 등에서 높은 점수를 얻을 수 있습니다. 이래서는 진정한 이과계 인간을 발견할 수 없습니다. 다음으로 낭비가 심합니다. 여기서 낭비란 질적인 의미와 시간적 의미가 있습니다. 쉽게 말해 이과에 적합하지도 않은 아이에게 이과 학문을 가르치는 것은 낭비입니다. 이과 적성인 아이의 시간을 빼앗아 발목을 잡는 결과가 될 뿐이죠. 아이들이 이과에서 멀어지는 경향이 있다고들 하는데 그것도 결국은 재능 있는 아이들이 다수에 밀려 나타난 현상입니다."

"그러나 시험을 치지 않는데 어떤 아이에게 이과계 재능이 있는지 어떻게 압니까?" 형사부장이 다른 별나라 사람을 보는 듯한 눈빛으로 전원을 둘러봤다.

그러자 온다 박사는 조금 안타깝다는 듯 형사부장을 응시했다.

"아이에게 이과계 재능이 있는지 아닌지는 태아 단계부터, 아니 극단적으로 말하자면 그 이전부터 알 수 있습니다."

"아니! 정말입니까?"

"일테면 성격은 극히 유전성이 강합니다. 마찬가지로 학습 능력, 지성, 정보처리능력도 그렇습니다. 이것들은 뇌의 글루코스 대사 능력, 에너지원인 ATP의 합성 능력, 뉴런의 전달 속도 등에 의존하니까요."

"······이과계의 아이는 이과계, 라는 말입니까?"

"높은 확률로 그렇습니다. 우리는 기본적으로 연구직은 세습제가 가장 적합하다고 생각합니다. 그러나 그것만으로는 역시 정확도가 떨어지죠. 제가 결정적인 방법으로 생각하는 것은 인간 게놈에 의한 선별입니다. 인간의 설계도인 DNA의 30억 염기 배열을 모두 해독하고자 하는 인간 게놈 계획은 약 90퍼센트까지 끝났습니다. 특히 구조 해석은 순조롭게 이루어져 유전자 지도는 거의 완성되었죠. 이제 남은 것은 기능 해석인데 이것도 몇 년 안에 상당한 수준까지 해결될 겁니다. 그러면 지도를 읽어 이과계 아이를 골라내는 일도 불가능하지 않죠."

"아하하, 잘 모르겠지만 어쩐지 소름 돋는 이야기네요."

"단순히 이과적 감각을 지니고 있다는 것만이 아니라 연구 업무에 적합한 성격인지 아닌지도 중요한 점검 항목입니다. 그것도 유전자를 해독함으로써 해결할 수 있습니다. 예를 들자면 분노와 스트레스로 폭력적인 행동을 일으키기 쉬운 남성의 유전자를 분석한 결과, X염색체에 있는 모노아민 산화효소 A, 약칭 MAO-A 유전자 중에 돌연변이가 생겨 산소 활성이 떨어져 있는 것으로 밝혀졌습니다. MAO-A는 세로토닌, 도파민, 노르아드레날린 등 생체 안의 모노아민을 대사하는 효소로, 이것의 결손이 일어나 스트레스에 과잉 반응한 결과가 폭력적 행동이 되는 겁니다. 최근에는 신경 유전 물질이 인간의 기분 변화와 관련되어 있음도 알아냈습니다. 이과계 아이의 선택 때는 이것도 최대한 조사할 필요가 있겠죠."

"그렇군요." 형사부장은 애매하게 고개를 끄덕였다. 이해하는 걸 포기한 얼굴이었다. "계획 내용은 대충 알았습니다. 그래서 당신은 그 계획과 이번 살인사건이 관계가 있다는 말씀입니까?"

"그렇습니다." 온다 박사가 대답했다. "이번 범행은 분명히 이 계획에 반대하는 사람들의 짓입니다."

"반대하는 사람들이라고 하셨습니까?"

"사이비 이과계 테러리스트들입니다."

박사의 말에 형사부장은 깜짝 놀랐다.

"사이비……. 그게 뭡니까?"

"말 그대로 사이비 이과계 테러리스트입니다. 원래는 이과적 인 감각이 없는데도 무슨 착각을 했는지 자신을 이과계 인간이 라고 믿고 무의미하게 과학 정보를 원하거나 때로는 스스로 유 치한 정보를 떠들어서, 진짜 이과계 인간의 세계를 혼란하게 하 는 방해꾼을 우리는 사이비 이과계라고 부르는데 그중에서도 특 히 과격한 녀석들이 사이비 이과계 테러리스트입니다."

"그런 사람들이 있습니까?" 형사부장이 눈을 부릅떴다.

"잠재적으로 그런 요소를 지닌 사람이 의외로 많습니다. 컴퓨터를 조금 다룰 수 있다고 이과계 인간이라도 되는 듯 행동하는 사람도 그런 종류라고 할 수 있습니다. 그래도 테러리스트 단계까지 증상이 심해지는 사람은 적지만요."

"그래서, 왜 그 사람들은 계획에 반대합니까?"

"단순합니다. 계획을 실행하면 과학은 일반인의 생활과 완전히 동떨어진 학문이 되겠죠. 사이비 이과계 인간들은 그게 마뜩잖겠죠. 인간은 평등하게 배울 권리가 있다는 겁니다. 아무래도 그들 중에는 자신들의 아이를 과학자로 만들고 싶은 사람이 많답니다."

"하하하. 하지만 그 논리도 일리가 있는 것 같습니다."

"그건 당신이 과학이란 걸 모르기 때문입니다. 과학이란 것을 진심으로 이해할 수 없다면 배워봤자 아무런 의미도 없습니다. 그리고 전혀 배우지 않아도 생활에는 결코 지장이 없습니다. 전기 공학 같은 거 전혀 몰라도, 전기 제품을 자유자재로 쓸 수 있습니다. 프로그램 같은 거 몰라도 컴퓨터를 사용할 수 있습니다. 차를 운전하는데 내연 기관에 관한 지식은 필요하지 않고 유체역학을 이해하지 않아도 비행기를 조종할 수 있습니다. 일반인은 아무것도 몰라도 됩니다. 아니, 모르는 게 낫죠. 어설픈 지식은 잘못된 정보를 퍼뜨립니다. 의학을 예로 들면 바로 알 수 있죠. 아마추어의 판단으로 잘못된 처치를 해 오히려 증상이 악화했다는 얘기를 종종 듣지 않습니까. 유사 과학이 생기는 것도, 이과계에 부적합한 인간이 어정쩡하게 과학 지식을 배운 결과입니다. 어정쩡한 과학 지식은 인류에 어떤 이익도 주지 않아요. 이건 단언할 수 있습니다."

온다 박사의 박력 있는 주장에, 아무리 형사부장이라도 살짝 움츠러들었다. 그 자신은 과학에 전혀 관심이 없는 종류의 사람이었다.

"말씀하시는 바는 알겠습니다. 그러나 이번 범행은 그 테러리스트들의 짓이라는 증거가 있습니까?"

"있습니다." 온다 박사는 딱 잘라 말했다. "테러리스트는 대체로 범행 성명을 냅니다. 이번, 사이비 이과계 테러리스트들도 대놓고 그 행위를 했습니다."

"아니, 그랬습니까?"

형사부장은 놀라며, 옆에 있는 부하들에게 확인했다. 하지만 아무도 그런 사실을 알지 못했다.

그러자 이제까지 입을 다물고 있던 호우킨 교수가 입을 열었다.

"자네들이 모르는 것도 무리는 아니오. 성명문은 조금 전 이치이시 박사의 조수가 발견했소. 너무 눈에 띄는 곳에 있어서 오히려 알아차리지 못했소."

"눈에 띄는 곳?"

"컴퓨터 디스플레이지. 거기에 기묘한 문장이 적혀 있었던 걸 아나?"

"아인슈타인인가 뭔가 하는……."

"그렇소. 그거요."

"그건 이치이시 박사가 적은 게 아니었습니까?"

형사부장의 말에 호우킨 교수가 슬쩍 웃었다.

"이치이시 박사는 우수한 우주 물리학자요. 훌륭한 논문을 여럿 발표했지. 그들 논문의 바탕이 된 것은 바로 아인슈타인의 상대성 이론이요. 그 박사가 아인슈타인은 틀렸다는 가설을 전개할 리가 만무하지. 거기에 적힌 것은 상대성 이론을 바르게 이해하지 못한 사이비 이과계 인간이 전부터 종종 주장해온 유치한 이론이오. 구체적으로 빛이 있는 방향으로 발사한다는 게 어떤 것인지 제대로 알지 못하고 있소. 반론하기 이전에 대전제에서 이미 틀리는 한심함을 드러낸 셈이지. 물론 녀석들도 지금쯤 엉터리 논리라는 걸 알 거요. 그러므로 아인슈타인을 신봉하는 이치이시 박사 옆에 적어 남김으로써 자신들의 범행임을 나타내는 성명문 대신 삼은 것이오."

"그, 그렇군요." 형사부장은 어김없이 애매한 얼굴로 끄덕였다.

거기까지 읽고 나는 아주 불쾌해졌다. 이것은 소설이고, 다분히 여기에 적힌 내용도 가상의 이야기겠으나 어쩐지 작가가 진심으로 이렇게 생각하고 있지 않을까 생각했기 때문이다.

과학이란 것은 진정으로 이해할 수 없다면 배워봤자 아무런 소용없다—.

일반인은 아무것도 몰라도 된다. 아니, 모르는 게 낫다—.

어정쩡한 과학 지식은 인류에게 아무런 이익이 되지 않는다—.

얼마나 오만한 사고방식이란 말인가. 자신들이 뭐라도 되는 줄 아나.

나는 아이들에게 과학을 가르칠 때 제일 먼저 과학은 절대 어려운 학문이 아니라고 얘기한다. 모든 것은 우리 몸과 생활의 연장 선상에서 생각할 수 있다고 설명한다. 물론 아이들에 따라 능력 차이는 있다. 개성이 다르다고도 할 수 있다. 전문가로 활약하는 우주 비행사를 보고 중력 개념을 이해하는 아이가 있다면, 우주 공간에 위아래가 없다는 상태를 도무지 파악하지 못하는 아이도 있다. 그러나 그걸로 충분하다. 그 아이는 대신 나팔꽃이

필 때 감동하는 감성을 지니고 있지 않을까.

만약 이 작가가 진심으로 이렇게 생각한다면 정신적으로 조금 문제가 있지 않을까 하고 나는 생각하기 시작했다. 이런 계획이 정말 실행되고 있다면 나도 반대할 것이다.

무엇보다 나는 자신을 사이비 이과계 인간이라고 생각하지 않는다. 자랑은 아니지만, 학창 시절부터 이과계 성적은 뛰어나게 좋았고, 아인슈타인의 상대성 이론도 제대로 이해하고 있다고 생각한다. 신문 과학 코너에 실리는 기사라면 한 번 읽으면 내용을 이해할 수 있다. 컴퓨터도 어렵지는 않다. 기계에도 강하다. 자잘한 자동차 고장은 스스로 수리할 수 있을 정도다.

그런데도 과학자가 되지 않은 것은 더 넓은 세계를 알고 싶었기 때문이다. 과학 말고도 멋진 게 이 세상에는 얼마든지 있다. 나는 그런 사실을 모른 채 사는 불행한 인생을 선택하고 싶지 않았다.

그렇게 생각하니 과학자란 어딘가 굴절된 부분이 있는 게 당연할지 모르겠다. 그러니까 이런 소설도 나올 수 있을지 모른다.

두 잔째 커피를 다 마셨던 터라 밀크티를 주문하고 다시 읽기 시작했다.

8
『이과계 살인사건』에서

"그런 게 있다면 그 테러리스트들을 의심할 필요가 있겠군요."
형사부장이 말했다. "그러나 문제가 있네요. 아마도 우리 경찰에
는, 아니 경찰청에도 그 사람들의 자료는 없을 텐데요."

"없겠죠." 온다 박사가 대답했다. "사이비 이과계 테러리스트
들의 존재를 파악하고 있는 것은 우리와 과학기술청 사람뿐입니
다."

"리더가 누군지 압니까?"

"아뇨, 모릅니다. 그보다 그렇게 실체가 분명한 조직이 아닙니
다. 그러니까 리더라는 것도 없을지 모릅니다."

"그럼 도대체 어디서부터 파고들어야 하는지……." 형사부장
이 난처한 표정으로 부하들을 둘러봤다. 하지만 그 부하들도 이
렇다 할 아이디어가 없는 듯 침울한 표정으로 고개를 숙이고 있
었다.

그러자 온다 박사가 말했다.

"우리가 제안하고 싶은 게 있습니다."

"뭡니까?"

"사실은 일반 시민 속에 숨어 있는 사이비 이과계 인간들을 알아내는 방법을 얼마 전에 개발했습니다."

　"예?" 형사부장은 의자에서 엉덩이를 살짝 들었다. "그런 방법이 있습니까?"

　"있습니다. 아직 완벽하진 않으나 확률은 상당히 높을 겁니다."

　"어떻게 합니까?"

　"원리는 간단합니다. 낚시와 마찬가집니다. 미끼를 뿌리고 걸려들기를 기다리기만 하면 됩니다. 다만 미끼에 공을 들여야 합니다. 사이비 이과계 인간만이 물 미끼여야 하죠."

　"그게 어떤 거죠?"

　"이걸 설명하기 전에 우선 이 사람의 이야기를 들어주십시오."

　그렇게 말하고 온다 박사는 옆에 앉은 젊은 과학자를 가리켰다. 그 연구자는 일어나 양자역학을 담당하는 아나구로입니다, 라고 자기소개했다. 그리고 숨을 크게 들이켜더니 갑자기 빠르게 얘기하기 시작했다.

　"우주의 탄생을 생각하려면 허수 시간이 필요하다. 그건 특이점의 존재에 의존한다. 특이점이란 우주의 시공이 한 점으로 수축하고, 공간의 곡률 등이 무한대가 되어 물리적 의미가 없어지는 장소이다."

"뭐라고요?" 형사부장이 놀랐다.

하지만 아나구로는 개의치 않고 계속 떠들었다.

"아인슈타인 방정식을 따르는 한, 우주는 과거로 거슬러 올라 가면 반드시 특이점을 만난다. 이 특이점을 피하려면 허수 시간 이 필요하다. 즉 우주 시작에서의 특이점을 지우려면 그곳에서 의 시간과 공간의 구별을 없애면 된다. 그를 위해서는 시간을 순 (純)허수로 한다. 상세히 계산할 때는 파인만이 만들어낸 경로 적분법을 사용한다. 이 식으로 시간 t를 허수 시간 i×t로 치환해 식을 만들어, 우주의 파동 함수를 계산해본다."

"자, 잠깐만요. 당신은 도대체 무슨 소리를?"

형사부장의 말이 끝나지도 않았는데 이번에는 다른 학자가 일 어났다. 그리고 갑자기 말하기 시작했다.

"단백질의 심장부에 해당하는 아미노산은 다른 아미노산으로 바꿀 수 없다. 바꾸면 고유의 기능이 이루어지지 않기 때문이다. 개별 단백질은 독특한 입체 형상을 지니고 있는데 그 형태도 고 유 기능을 수행하는 데 중요하며, 그것을 바꾼 아미노산의 치환 도 허용되지 않는다. 돌연변이에 대해 이런 여러 겹의 제약으로 이루어져 있어 진화 과정에서 기능을 바꿀 수 없다."

또 다른 학자가 일어났다.

"물질의 최소 구성 요소는 쿼크와 렙톤으로, 각 입자 사이에

네 가지 힘이 작동한다. 쿼크 수는 불변이고 양자는 네 가지 힘에 대해 안정되어 있다. 대통일이론이란 전자기력, 강한 상호작용, 약한 상호작용은 원래 하나의 힘이며 그것이 낮은 에너지에서 다른 힘처럼 보인다는 이론이다. 이 통일된 힘은 쿼크와 렙톤을 대등하게 취급해 필연적으로 쿼크와 렙톤 사이의 상호 변이를 일으킨다."

이번에는 또 다른 학자가 입을 열었다.

"1차원에서는 특이점 주변을 확대해 보통의 점과 같이 취급하는 해소 방법은 일의적이고, 2차원에서는 극소 해소가 존재하지만, 3차원 이상이 되면 다른 방법이 필요하다⋯⋯."

9

뭐야, 도대체 어떻게 되는 거야⋯⋯?

작품 속 인물들이 느닷없이 줄거리와 전혀 관계없는 전문 분야의 이야기를 시작해서, 나는 어리둥절하고 말았다. 인물들의 목적을, 그보다 이 소설 작가의 목적을 전혀 이해할 수 없었다.

그래도 어떤 의미가 있으리라는 생각에 나는 끈기 있게 읽어보기로 했다. 작품 속 인물들의 이야기 내용은 양자역학, 우주 물리학, 생물학, 의학, 유전공학 등 어쨌든 과학에 포함된 모든 분야를 망라하는 듯했다. 솔직히 말하자면 그 내용은 잘 이해할 수 없었다. 그러나 나는 손수건으로 이마에 밴 기름을 닦으면서 최선을 다해 읽었다. 이런 부분을 그냥 넘기는 행위는 자칭 이과계 인간으로서 참을 수 없는 일이었다.

그리고 드디어 학자들의 길고 길었던 설명을 다 읽었을 때였다. 갑자기 뒤에서 누군가 내 어깨를 잡았다. 놀라 돌아보니 검은 옷을 입은 덩치 큰 남자가 둘, 나를 내려다보고 있었다.

"실례합니다. 잠시 동행해주시겠습니까?" 왼쪽 남자가 말했다. 위압적인 말투였다.

"당신들은 누굽니까?"

내가 묻자 오른쪽 남자가 뭔가를 꺼냈다. 그건 신분증 같은 것으로, '특별 수사관'이라고 인쇄되어 있었다.

10
『이과계 살인사건』에서

"그러니까." 형사부장은 말했다. "이 내용을 책으로 만들어 전국에 뿌리자는 말입니까?"

"그렇습니다. 제목은 『이과계 살인사건』으로 하죠." 온다 박사
가 말했다.

"제목은 뭐라도 상관없습니다. 그보다 잘 될까요?"

"이미 실험을 끝냈습니다. 책 뒤표지에 극소 뇌파 해석 장치와
통신 장치를 넣어뒀습니다. 독서 중의 뇌파를 분석해 그 인물이
사이비 이과계 인간인지 아닌지를 알아낼 수 있습니다. 그리고
일정 수준을 넘으면 바로 경찰에 연락이 들어옵니다."

"그건 알겠는데 뇌파만으로 사이비 이과계 인간인지 어떻게
압니까?"

"간단합니다. 조사하는 건 기본적으로 두 가지입니다. 하나는
그 사람이 읽지 않고 넘기느냐입니다. 나머지는 넘기지 않고 다
읽을 때 내용을 이해하는지입니다. 평범한 사람이라면 이런 소
설을 뛰어넘지 않고 다 읽는다는 건 있을 수 없습니다. 그리고
진정한 이과계 인간이라면 읽으면 곧바로 이해합니다. 이해하
지도 못하면서 그저 고집스럽게 처음부터 끝까지 다 읽는 괴짜
는……."

"사이비 이과계 인간뿐, 이란 말인가요?"

"그렇습니다."

그렇구나, 형사부장은 이해했다는 듯 고개를 끄덕였다.

범인 맞추기 소설 살인사건(문제 편·해결 편)

범인 맞추기 소설 살인사건

문제 편

1

차는 주오 고속 도로로 들어갔다.

"그건 그렇고 이상한 지시가 떨어졌어." 아사즈키출판 편집부 소속인 아고카와는 액셀을 밟아 자동차 속도를 올리고 한 손으로 핸들을 조작하면서 말했다. "갑자기 편집부에 팩스를 보내 당장 집으로 오라고 하니. 아니, 집으로 부르는 것까지는 좋아. 문제는 넷 다라니, 이게 뭐야? 게다가 넷이 같은 회사라면 모를까, 다른 출판사 편집부의 넷이라니까."

"설교라도 할 생각이겠지." 뒷좌석 오른쪽에 앉은 반도가 시트에 몸을 기댄 채 히죽거렸다. 그는 분후쿠출판 편집국 소속이다. "요즘 내 책이 잘 안 팔리는 이유는 뭔가? 자네들 노력이 부족한 거 아닌가? 어떻게 해 봐—이런 식으로 말이야."

"더 무슨 노력을 합니까?" 뒷좌석 왼쪽, 주지쓰서점 문예부의 지바가 한숨을 쉬었다. "우리는 말이죠, 바로 얼마 전에 우도가 와 데이스케 페어를 열었다고요."

"아이고, 우리도 얼마 전에 2대 신문에 나란히 광고를 냈어요." 이렇게 말한 사람은 조수석에 앉은 오하치쇼보의 도시마였다. "그 효과로 전에 냈던 책도 증쇄에 들어갔어요. 다른 출판사는 어떨지 모르겠으나 우리에서 안 팔렸다는 말은 못 할 겁니다."

"그야, 우리도 안 팔리는 건 아니야." 반도가 부루퉁한 표정을 지었다. "하지만 그 선생, 욕심이 많거든."

"그렇게 돈이 많은데 아직도 가지고 싶은 게 있나요?" 지바가 어이없다는 목소리로 말했다.

"불안한 거야. 팔리지 않았던 시간이 길어서." 아고카와가 앞을 응시한 채 말했다.

"지금으로서는 상상이 어렵네요. 제가 회사에 들어왔을 때는 이미 베스트셀러 작가였는데." 도시마가 몸을 돌려 뒤를 봤다.

"지바 씨도 그렇죠?"

"맞아요." 그렇게 말하고 지바가 고개를 끄덕였다.

"자네들 입사한 지 몇 년이나 됐지?" 반도가 팔짱을 끼고 물었다.

"딱 10년입니다." 지바가 대답했다.

"저는 9년이요." 도시마가 말했다.

"그럼 못 나가던 시절을 모르는 것도 당연하겠네." 아고카와가 끼어들었다. "우도가와 씨가 잘 나가기 시작한 게 그보다 더 전이었으니까. 벌써 20년쯤 전 아닐까. 상을 받고 나서지. 아, 그 작품이 뭐였더라. 기괴한 섬의…… 변태 살인의……."

"『괴기섬 엽기 살인의 기록』." 반도가 뒤를 이었다.

"맞다! 하하하. 우도가와 씨 앞이었다면 혼났겠다. 그 책이 베스트셀러가 되면서 잘 나갔으니까."

"그건 명작이었어요." 지바가 짧게 말한 후 고개를 끄덕였다.

"나도 우도가와 선생 작품 중에서 제일 처음 읽은 게, 그 괴기섬입니다. 재밌었지. 기상천외하고 인물도 매력적이고."

"우도가와 선생은," 지바는 조금 주저하면서 말을 이었다. "그 작품을 능가하는 걸 아직 쓰지 못한 것 같아요."

"그거 정말 가차 없는 평가네." 아고카와가 말했다. 하지만 목소리에는 진지함이 묻어 있었다.

"하지만 이건 분명해." 반도도 역시 진지한 얼굴이 되어 있었다. "베스트셀러를 계속 내고 있지만, 이렇다 할 대표작은 없어. 결국은 제일 먼저 꼽히는 작품이 괴기섬이야."

"그런 작품 제목을 새까맣게 잊고 있었으니 나는 완전히 편집자 실격이네." 아고카와가 자학적으로 낮게 웃었다. "빨리 새 대표작이 될 작품을 우리 출판사가 쓰게 해야겠어. 그럼 제목을 잊는 일은 없을 테니까."

"자, 과연 그렇게 될까?"

"뭐야? 무슨 뜻이야? 다음 대표작은 분후쿠출판 거라는 소리야?"

"그럼 고맙겠지만, 우도가와 씨도 그쪽 욕심은 영 없어서 말이야. 몇 년 전까지는 나오키상 같은 데도 관심을 보였는데 요즘은 잘 팔리기만 하면 된다는 느낌이야."

"동감입니다." 지바가 웃음기 없이 말했다. "요즘 몇 작품은 전부 같은 패턴의 반복입니다. 새로운 것에 도전하겠다는 마음이 전혀 없어 보여요."

"최신작이 뭐였지?" 도시마가 물었다.

"뭐였더라." 아고카와가 앞을 본 채 고개를 기울였다.

"그거야. 『아득한 전설의 살인』이라는 작품. 어릴 때 헤어진 어머니를 찾아 우라시마 전설이 남은 땅을 찾은 남자가 살인사건에 휘말린다는 얘기였어."

"아닙니다. 그건, 우리 출판사에서 낸 『영원한 시간의 살인』 내용입니다." 지바가 정정했다. "『아득한 전설의 살인』은 행방불명된 연인을 찾으러 하고로모 전설이 있는 지역을 찾은 주인공이 연인의 타살 시체를 발견한다는 얘기였습니다."

"그랬나. 뭐, 됐어. 둘 다 뭐."

"그런데 독자 중에는 그렇게 한 가지 패턴이 계속되는 편이 더 좋다는 의견도 있어요." 반도가 진저리를 치며 말했다.

"안심할 수 있다는 거죠." 도시마가 동의했다.

"미토 코몬*이나 사자에상** 같은 고전 팬이 많은 거나 마찬가지죠."

"뭐, 실제로 잘 팔리니까 우리가 불평할 필요는 없지. 노선을 잘못 변경했다가 독자를 놓치면 속수무책이니까." 아고카와가 말했다.

"그래서? 『아득한 전설의 살인』이 언제 나왔나요? 그거 로쿠단샤에서 냈었죠?" 도시마가 다른 셋의 얼굴을 번갈아 보면서 물었다.

"작년 가을……, 아니었나?" 지바가 바로 수첩을 펼쳤다. "아, 맞다. 작년 9월이네요. 연말에 발표되는 미스터리 책 탑텐을 의식하고 냈겠지만."

"전혀 들어가지 못했죠." 도시마가 키득키득 웃었다.

"그럼 반년 이상 책이 나오질 않았네." 아고카와가 살짝 고개

---

* 일본의 TV 사극 프로그램. 1969년에 방영을 시작하여 1227회까지 방송한 뒤 2011년에 종영하였다.
** 1969년부터 방영된 TV 애니메이션. 현재도 방영 중이며 누적 에피소드는 7,500회 이상이다. 2019년 11월, 사자에상 방영 50주년을 맞이하였다.

를 기울였다. "도대체 뭐 하는 거지?"

"작년 여름에 부인이 돌아가셨잖아. 그 후로 페이스가 살짝 떨어진 듯해. 그래서 우리 편집부에서는 실은 부인이 유령 작가가 아니었느냐는 소문이 돌기도 했어." 그렇게 말하고 반도는 입가를 가렸다.

"지난 몇 개월 동안 우리 쪽 원고에 몰두해준 거라면 고맙겠는데." 아고카와가 말했다.

"그건 아니지. 다음은 우리가 받기로 했어."

"무슨 말도 안 되는 소리를. 다음은 우리야. 분후쿠출판은 바로 얼마 전 문고판을 냈잖아."

"얼마 전은 아니지. 훨씬 전이야. 게다가 그건 이전 양장본 책을 형태만 바꿔 낸 거야. 신작은 3년이나 받지 못했어."

"그랬나?"

"그렇다고. 그러니까 다음은 우리가 받을 거야."

"말씀 중에 죄송한데요." 지바가 끼어들었다. "다음 달부터 우리 잡지에서 단기 집중 연재를 시작하실 예정입니다. 그 1회인 150장 분량 원고가 제일 먼저여야 할 겁니다."

"그건 아니지! 주지쓰서점은 『영원한 시간의 살인』을 냈잖아? 순서로 따지면 이 중에서 제일 마지막이어야 하는 거 아냐?" 반도가 입을 내밀었다.

"영원은 아주 오래전에 잡지에서 연재했던 걸 책으로 만든 것일 뿐입니다. 우도가와 선생님이 좀 더 빨리 손봐주셨으면 재작년쯤 나왔을 겁니다."

"그렇지만 책을 낸 건만은 분명하잖아. 우리는 한동안 선생의 원고를 보지도 못했어. 절대 양보할 수 없어." 아고카와가 조금 위압적인 말투로 말했다.

"그건 우리도 마찬가집니다." 도시마가 지지 않고 대항했다. "약속은 훨씬 전이었습니다. 그래서 마감도 훨씬 넘었고요. 이번에 다른 회사에서 먼저 책이 나오면 저는 편집장에게 목이 졸릴 겁니다."

"괜찮을 것 같은데, 목 졸려도." 아고카와가 무뚝뚝하게 대답했다.

"아이고, 이런! 선생은 도대체 어쩔 셈일까." 반도가 천천히 고개를 저었다. "뒤는 생각하지 않고 쉽게 약속하는 게 그 사람의 나쁜 버릇이지. 예전부터 그랬어. 아무래도 여기 있는 넷은 아무도 양보할 마음이 없어 보이네. 그렇다면 다음 원고를 어디에 줄 생각일까."

"혹시," 지바가 생각에 잠긴 표정으로 말했다. "그게 이번에 우리를 부른 이유 아닐까요?"

"무슨 소리야?" 운전석에서 아고카와가 물었다.

"다음에 어디 일을 할지 선생님 혼자 결정하지 못한 게 아닐까요? 그래서 당사자 넷에게 정하게 하려는 게……."

"설마!" 조수석에서 도시마가 웃었다.

"아냐. 그 사람이라면 모를 일이지. 어쩌면 그럴 수도 있겠다." 반도가 씁쓸하게 말했다. "무엇보다 괴짜니까."

"하지만 우리가 의논한다고 해서 합의를 볼 문제가 아니잖아요. 반도 씨가 말씀하셨다시피 누구도 양보할 수 없잖아요." 도시마가 뒤를 돌아보며 말했다.

"반드시 넷이 같이 오라는 이유를 도통 모르겠어. 덕분에 내가 운전까지 하는 지경에 이르렀잖아."

"미안하네, 운전하지 못해서."

"죄송해요. 차가 없어서."

"죄송합니다. 2인승 차밖에 없어서."

"이제 됐어. 다만 돌아올 때는 도시마 씨가 해줘." 아고카와는 살짝 부루퉁한 표정으로 지시를 내리고 액셀을 밟아 앞차들을 추월했다.

차는 주오 고속 도로를 나와 북상했다. 마침내 젊은이들을 위한 펜션이 잔뜩 있는 관광지에 도달했다. 휴일이라면 틀림없이 북적일 거리에는 보는 것만으로도 눈이 아픈 형형색색의 선물 가게와 음식점이 늘어서 있었다.

"여기는 부끄러운 거리라는 별명이 있대요." 지바가 창밖을 보며 쓴웃음을 지으며 말했다. "우도가와 선생님이 한탄하셨죠. 자택 주소를 말하면 이 거리를 떠올려 곤란하다고."

"정말 한탄했을까? 이 거리가 젊은이들에게 인기 있는 걸 이용해 술집 같은 데서 젊은 여자를 유혹하지 않을까?" 반도가 키득키득 웃었다.

"사모님이 돌아가신 뒤로 그쪽에 더 몰두한 것 같더라. 여자랑 노는 것도 좋지만, 원고만큼은 제대로 썼으면 좋겠어." 아고카와가 얼굴을 일그러뜨리며 투덜댔다.

차는 별장 지구에 도착했다. 입구의 관리 사무소에서 갈 곳을 알리자 철로 차단기 같은 게이트가 열렸다. 아고카와는 액셀을 밟았다.

우도가와 데이스케는 이 별장 지구의 가장 안쪽에 자택을 가지고 있었다. 파티나 출판사와의 특별한 회식이 있을 때는 상경하나 보통은 여기서 계속 집필했다.

아고카와는 통나무집 같은 주택 앞에 차를 세웠다.

"맞다. 넥타이를 까먹고 있었다." 반도가 자기 가방에서 포장된 꾸러미를 몇 개 꺼냈다. "자, 이걸 매."

포장을 풀어 본 도시마는 노골적으로 싫은 표정을 지었다.

"이게 뭡니까? 너무 흉해요."

그것은 초록색과 빨간색 줄에 금색의 작은 해골 마크가 새겨진 넥타이였다. TU라는 글자가 박혀 있었다.

"우도가와 선생의 50권 발매 기념 파티에서 돌릴 예정인 넥타이야. 어제 견본이 나왔다고 선생에게 전화했더니 오늘 매고 오라고 했다고."

"그럼 반도 씨만 매면 되잖아요."

"그건 안 되지. 너희들 것도 가져왔으니 불평하지 말고 매."

"이거 참!" 아고카와도 자신의 넥타이를 벗고 새것을 맸다.

"여자들은 절대 좋아하지 않을 거예요." 지바도 얼굴을 찡그리며 말했다.

네 명이 차에서 나오기 전에 집 현관문이 열리고 검은 바지에 검은 스웨터 차림의 여성이 나타났다. 머리가 길고 얼굴도 길었다.

"저 사람은 누구지?" 아고카와가 뒤로 고개를 돌렸다.

"선생님의 새 비서입니다." 지바가 여성 쪽을 보면서 말했다. "지난달부터 여기서 일해요."

"선생도 참 대단하네." 반도가 목소리를 낮추면서 감탄하듯 말했다.

"미인이네요. 나이는 서른 전으로 보이네요. 전에는 직장을 다녔다는데." 도시마가 부러운 듯 덧붙였다.

넷이 차에서 내려 다가가자 시커먼 차림의 여성은 우선 정중하게 인사했다.

"오시느라 수고하셨습니다. 우도가와 선생님도 아까부터 기다리셨습니다." 물 흐르듯 그렇게 말한 여자는 남자들의 넥타이를 보고 살짝 눈을 부릅떴다.

2

넷은 마루를 깐 거실로 안내되었다. 짙은 녹색의 소파가 마당을 바라보는 형태로 놓여 있었다. 넷은 여성 비서가 권하는 대로 대리석 테이블을 둘러싸고 앉았다.

"바로 선생님을 모셔오겠으니 조금만 기다리세요." 여성 비서는 그렇게 말하고 방을 나갔다.

"이 넓은 집에 선생 혼자라면 외롭긴 하겠네." 높은 천장을 올려다보며 아고카와가 말했다.

"식사도 저 여성이 해줄까?" 반도가 지바를 보며 물었다.

"그런 것 같더라고요."

"그럼 새 부인 같은 거네. 그녀를 대하는 태도에도 조금 신경을 써야겠어."

"선생님은 나이가 어떻게 되시죠?" 도시마가 건너편 아고카와에게 물었다.

"분명 올해 쉰셋일 거야." 아고카와가 대답했다.

"대단하네." 반도는 조금 전 차 안에서 했던 말을 되풀이했다.

문이 열리고 우도가와 데이스케가 감색 작무의* 차림으로 나타났다. 넷은 거의 동시에 등을 꼿꼿이 폈다.

"아이고, 기다리게 해서 미안하네." 우도가와는 한 손에 종이봉투를 들고 있었다. 그것을 옆에 놓고 1인용 소파에 앉았다. "팩스 같은 걸 보내 급히 불러 미안했네."

"아닙니다. 선생님이 부르시면 어디든 달려가야죠." 반도는 손이라도 비빌 듯한 자세로 아양을 떨었다. "아아, 이게 다음 파티에서 돌릴 예정인 넥타이입니다."

"오호, 아주 좋네. 내 주문대로 완성됐군." 반도의 넥타이를 손가락으로 만지며 우도가와는 흐뭇한 듯 눈을 가늘게 폈다.

"그보다 이번에 왜 부르셨는지 다들 궁금해하던 참입니다."

아고카와의 말에 우도가와는 장난스러운 웃음을 지었다.

"반드시 넷이 함께 오라고 지시했지."

"그렇습니다. 도대체 무슨 일이시죠?"

"그걸 이제부터 얘기할 생각이야."

---

* 作務衣. 사찰이나 신사에서 사원 유지를 위해 일상적인 농작업이나 청소 등을 할 때 입는 옷.

그때 조금 전 여성이 쟁반에 커피를 올려놓고 왔다. 그녀는 마이센* 잔에 담긴 커피를 각자 앞에 놓고 조금 떨어진 식탁 옆 의자에 앉았다.

"이 여성을 소개하지. 비서인 사쿠라기 히로코라고 하네. 내 신변을 돌봐줘서 아주 큰 도움이 되고 있지."

"사쿠라기입니다." 시커먼 차림의 여성 비서는 일단 일어나 고개를 숙였다.

넷은 앉은 채 고개를 숙이고 차례대로 자기소개를 했다. 지바 만은 전에도 만났다고 덧붙였다. 사쿠라기 히로코는 살짝 끄덕였다.

"자, 본론으로 들어갈까?" 우도가와는 옆에 놓인 종이봉투에 손을 넣었다.

넷은 그의 손끝을 살피려고 일제히 엉덩이를 들썩였다.

우도가와가 꺼낸 것은 A4 크기의 종이를 묶은 것이었다. 그걸 네 사람에게 돌렸다.

"어! 신작입니까?" 그렇게 말하고 아고카와는 옆의 반도가 들고 있는 것을 들여다봤다. "전부 같은 것 같은데요."

"이번 달 『소설 진초』에 발표할 단편 소설이네."

우도가와의 말에 넷은 당황한 표정을 지었다. 『소설 진초』는 네

---

*유럽의 유명 자기 브랜드.

사람의 회사와는 다른 출판사에서 발행하는 월간지였다.

"이 소설을 왜?" 반도가 대표로 물었다.

"음. 사실은 말이지, 평범한 소설이 아니야."

"무슨 말씀이신지?"

"그건 말이야, 범인 맞추기 소설이라네." 그렇게 말한 후 우도가와는 흥 하고 콧방귀를 꼈다.

범인 맞추기 소설, 전원이 속으로 복창하고 들고 있던 종이를 넘겼다. 모두 똑같이 처음 부분을 쭉쭉 훑은 후 바로 마지막 페이지를 열었다.

"정말이네요. 다음은 다음 호에, 라고 적혀 있네요." 아고카와가 고개를 들며 말했다.

"해답 편은 다음 달에 실을 예정이네. 이번 달 호에서는 독자로부터의 답을 모집할 거고."

우도가와는 마이센 잔을 코끝으로 가져가 향을 맡고 한 모금 마셨다. 거기에 자극받은 듯 넷도 커피 잔으로 손을 뻗었다.

"정답자에게는 뭘 줍니까?" 지바가 변함없이 무표정한 얼굴로 질문했다.

"잘 모르겠지만, 촌지를 준비할 것 같네. 적중하면 전화카드라도 주지 않을까?" 우도가와는 잔을 테이블에 놓고 킥킥대며 웃었다. 작무의에 감싼 어깨가 살짝 흔들렸다.

"선생님, 설마," 아고카와는 우도가와를 보며 자세를 고쳐잡았다. "우리에게도 이 범인을 맞춰라, 그렇게 말씀하시는 겁니까?"

그러자 작가는 하하하, 하고 웃었다. 그리고 테이블 위의 유리 담뱃갑에서 담배를 하나 빼더니 역시 유리 라이터로 불을 붙였다. 그것은 매우 느린 동작이었다.

우도가와는 소파에 몸을 기대고 깊이 한 모금 빨아들였다. 유백색의 연기가 네 사람의 얼굴 앞으로 흘러나왔다.

"아주 명석하군." 그가 말했다. "자네들이 범인을 맞춰줬으면 좋겠네."

넷은 순간 말을 잃었다. 저마다 다른 셋의 반응을 살피고 받은 소설로 시선을 떨어뜨렸다. 마지막에는 다시 소설의 작가에게 시선을 던졌다.

"그건 왜죠?" 아고카와가 물었다. 웃고 있었으나 뺨이 살짝 굳어 있었다. "그것 때문에, 저희를 부르신 겁니까?"

"그렇다고 하면 아무리 자네들이라도 화를 내겠지."

"아니, 화를 낼 일은 아닙니다만……. 그러니까, 그게." 아고카와는 다른 셋을 둘러보고 헛기침을 한번 한 후 말했다. "이유를 모르겠다는 것뿐입니다. 뭣 때문에 이런 일을 해야 하는지…… 말입니다."

"그렇겠지. 그러나 안심하게. 나도 나름대로 촌지를 준비했으니까."

우도가와는 조금 전의 종이봉투에 다시 손을 넣었다. 다만 이번에는 양손이었다. 그리고 그 양손에 두께가 3센티미터쯤 되는 종이 다발을 쥐고 꺼냈다. 종이 크기는 역시 A4였다.

그는 종이 다발을 테이블 위에 턱 올려놓았다.

"상품은, 거두절미하고, 내 장편 신작이네. 가장 빨리 범인을 멋지게 맞춘 사람에게 내 신작을 증정하지."

"예?" 네 명이 조그맣게 소리쳤다. 아고카와와 반도는 엉덩이를 반쯤 들었고, 지바는 눈을 부릅떴다. 그리고 도시마는 입을 쩍 벌렸다.

"물론 정말 공짜로 주겠다는 건 아니야. 맞춘 사람의 출판사에서 책으로 내게 하겠다는 뜻이지." 우도가와는 설명을 덧붙였다.

"아니, 하지만, 그런데 말입니다." 반도가 침이라도 튀길 듯한 기세로 말했다. "신작은 분후쿠출판에 주시기로 약속하지 않으셨습니까?"

"약속은 우리가 먼저였습니다." 지바도 목소리를 높였다. "우리는 단기 집중 연재입니다. 잡지라 구멍이 나면 안 된다고요."

"말도 안 됩니다. 선생님, 교토에서 같이 밥 먹으면서 말씀하셨잖아요. 다음은 아사즈키출판을 위해 쓰겠다고요. 저는 잊지 않았습니다." 아고카와는 목덜미부터 머리까지 벌겋게 상기되었다.

"아니, 다음은 오하치쇼보죠. 우리가 맞습니다. 그렇게 전에 편지를 드렸더니 좋다고 대답하셨습니다." 도시마도 지지 않고 논쟁에 가세했다.

우도가와는 흥분한 네 사람을 쭉 둘러보고는 머리를 긁적였다.

"미안하네. 아마도 내가 잘못한 것 같군. 거짓말할 생각은 없었는데 청을 물리치지 못하고 다 들어주는 바람에 이런 상황이 되었네. 뭐, 하지만, 현실적인 문제로 자네들 회사 중 하나를 고를 수밖에 없네. 하지만 이제까지 자네들과의 교류를 생각하면 너무 야박한 것 같아 마음이 약해지지."

"그래서 이런 식으로?" 지바가 종이 다발을 들고 물었다.

"뭐, 그런 거지."

"그런 어처구니없는 일이……." 반도는 당장이라도 울 듯한 얼굴로 말했다. "선생님, 부디 저와의 약속을 지켜주십시오. 이미 출판 기획서에 선생님 이름이 들어가 있습니다. 부디 부탁드립니다." 테이블에 머리를 문지르기라도 할 듯 고개를 숙였다.

"반도 씨, 그만해. 그런 말 해봤자 한도 끝도 없지." 아고카와가 반도의 어깨를 잡아당겨 몸을 일으켰다.

"하지만 말이야……."

"범인을 맞추기만 하면 됩니까?" 도시마가 우도가와에게 질문했다.

"마구잡이로 맞추는 건 안 되네. 확실한 근거가 없으면 정답이라고 인정하지 않겠네."

"정답인지 아닌지는 선생님이 판단하신다는 말씀이네요." 지바가 물었다.

"당연하지. 나 말고 그걸 판단할 사람이 어디 있겠나? 나는 작업실에 있을 테니까 언제든 정답을 알게 되면 와서 설명하면 되네. 다른 질문은?"

"하나만요." 아고카와가 손을 들었다. "공범이나 자살이라는 선택지는 설마 없겠죠?"

우도가와는 떨떠름한 표정을 지었다.

"그런 것도 자네들이 추리해주길 바랐는데 시간이 별로 없으니까 얘기해도 되겠지. 맞아, 자네 말대로 공범이나 자살은 없네."

"다른 힌트도 좀 주세요." 반도가 그렇게 말하며 검지를 세웠다.

"그건 안 돼." 우도가와는 두꺼운 종이 다발을 종이봉투에 다시 넣고 일어났다. "그럼 일단 저녁 식사 때까지 천천히 생각하게. 자네들의 행동을 구속하진 않을 테니 어딜 가든 좋고 누구와

상담해도 괜찮네. 나는 방에 있을 테니까."

그가 나가고 방문이 닫힘과 동시에 네 명의 편집자는 손에 든 소설을 읽기 시작했다.

3

저녁 식사는 7시부터 시작되었다. 우도가와와 친하게 지낸다는 근처 펜션 주인이 재료를 가져와 요리를 만들어주었다. 그리하여 네 편집자는 뜻밖에 프랑스 요리 대접을 받게 되었으나 식사 중에도 네 명의 얼굴빛은 좋지 않았다.

"이것 보게, 식사 때만큼은 일 생각은 그만하지." 이런 상황을 만든 장본인인 우도가와가 답답한 표정의 편집자들에게 말했다.

"그렇게 말씀하셔도 말입니다, 누가 나보다 범인을 맞출지 모른다고 생각하면 영 마음이 불편해서." 아고카와가 피로에 지친 얼굴로 다른 셋을 봤다.

"문제 편 소설은 이미 다 읽었겠지?"

"그거야 뭐."

아고카와가 말하자 다른 셋도 고개를 끄덕였다.

"어떤가?"

"놀랐습니다." 반도가 말했다. "설마 그런 줄거리일 줄은 몰랐습니다. 우리가 모델인가요?"

"그거야 상상에 맡기지. 읽었다니 이제 곰곰이 생각해보게."

"저기, 질문하고 싶은 게 몇 개 있는데요." 지바가 조심스럽게 말했다.

"질문은 금지야. 힌트는 이미 없다고 했을 텐데." 우도가와는 포크 든 손을 살살 흔들었다. "하지만 딱 한 가지 잊은 게 있더군."

넷은 손을 멈추고 몸을 조금 내밀었다. 그런 편집자들을 바라보면서 우도가와가 말했다.

"동기는 생각하지 않아도 되네. 아니, 문제 편만으로는 거기까지 추리하는 게 불가능해. 범인이 누구라는 것과 그 근거만 제시하면 된다네."

"그게 안 되니까 곤란한 겁니다." 도시마가 머리를 긁었다.

"아니, 잘 생각해보게. 밤은 길어. 다만 답을 알아도 밤 12시를 넘기면 노크는 하지 말아주게. 나도 자야 하니까. 그럴 때는 종이에 써서 문틈으로 밀어 넣어두게. 내일 읽어보고 가장 우수한 답을 적은 사람을 정답자로 하지. 자, 범인 맞추기 얘기는 이쯤에서 끝내지. 애써 출장 요리사가 솜씨를 발휘했으니까 요리를 즐기지 않겠나?"

우도가와의 말에 네 사람은 애써 미소를 짓고 식사를 재개했다. 하지만 포크를 입으로 가져가는 속도는 전혀 빨라지지 않았다.

식사는 8시에 끝났다. 우도가와는 2층 자기 방으로 돌아갔고 네 편집자는 넓은 거실에서 밤을 보내게 되었다.

"설마 이런 일이 있을 줄은 꿈에도 생각하지 못했어." 아고카와가 소파에 앉아 대리석 테이블에 발을 올린 채 말했다. 손에 문제 편 소설을 들고 있었다.

"저 선생다운 생각이네요. 놀림을 당하는 듯한 기분도 들지만, 평등한 것도 사실이니까 열심히 추리하는 수밖에 없지 않나요?" 식탁에 소설을 펼치고 메모하면서 지바가 말했다. 벗은 재킷을 의자 등받이에 걸쳐 놓았다.

"자네는 정말 여유가 있군. 셔츠 소매를 걷어붙이고 의욕을 불태우는 느낌이야. 대학 미스터리 연구회 출신이라고 했지? 이런 소설에 강하겠어. 나는 완전히 망했어."

"나도 마찬가지야." 반도가 그 우도가와 데이스케 50권 기념 넥타이 매듭을 풀면서 아고카와의 맞은편 소파에서 말했다. "이런 소설을 읽고 정답을 추리할 수 있을 리 없어. 두 시간짜리 드라마 범인이라면 연기자를 보면 알겠지만."

"미스터리 연구회 출신이라 해서 추리력 같은 건 없습니다. 여러분과 같아요." 지바가 쓴웃음을 지었다.

"하지만 익숙한 것만은 사실이겠지. 게다가 자네와 도시마는 젊으니까 머리가 잘 돌겠지. 나나 아고카와 씨는 어드밴티지를 받아야 맞지."

"그거 좋네. 찬성."

"두 분에게는 경험이라는 무기가 있잖아요." 지바 맞은편에서 소설을 다시 읽고 있던 도시마가 자기 이름이 나와선지 대화에 끼었다.

"나나 반도 씨의 경험은 전혀 도움이 안 돼. 긴자 술집 영수증을 경리에게 처리시킬 때나 쓸모 있겠지."

"아아, 선생은 정말 이상한 생각을 하셨다니까!" 반도가 머리를 마구 헝클었다. "원고를 받으려고 어째서 이런 일까지 해야 하냐고! 그렇게 약속해놓고!"

"그건 저희도 마찬가집니다." 도시마가 오른손으로 턱을 괴고 왼손으로 소설 페이지를 넘기며 말했다. 이따금 그 손을 멈추고 빨간 펜으로 뭔가를 적어 넣기도 했다.

"저기, 하나만 나 좀 도와주겠나?" 반도가 일어나 셋을 돌아봤다.

"무슨 뜻이야?" 아고카와가 물었다.

"그 신작 장편을 분후쿠출판에 양보해달라고 부탁하는 거야.

알겠지만 우리는 올해로 70주년이야. 그걸 기념하는 페어에 꼭 우도가와 씨의 책이 있어야 해. 자네들만 오케이 해주면 선생도 뭐라 하진 않을 걸세. 피차 이런 성가신 절차를 거치지 않아도 되고."

"말도 안 됩니다." 지바가 어이없다는 듯 양손을 펼쳤다.

"물론 보답하겠네."

"우리도 지금 가장 필요한 게 우도카와 씨의 원고입니다." 지바는 양손을 툭 떨어뜨리고 의자 등받이에 걸친 재킷 단추를 왼손으로 만지작거렸다. "지금 여기서 원고를 양보해주신다면, 저희도 다소의 교환 조건을 받아들일 용의는 있습니다."

"반도 씨, 그건 무리야." 아고카와가 소파에 누운 채 말했다. "자네가 그렇듯 다들 원고가 필요해. 그래서 이렇게 머리를 싸매고 있는 거잖아."

"아고카와 씨, 당신에게는 여러모로 받을 게 있는 것 같은데."

"있지. 하지만 나도 당신에게 이리저리 융통해줬다고 생각하는데. 지금 여기서 그런 말을 꺼내는 건 공평하지 않아. 의미도 없고."

반도는 크게 숨을 내쉬고 다시 소파에 앉았다. 마침 그때, 벽에 걸린 뻐꾸기시계가 9시를 알렸다.

"거참, 시끄럽네." 반도가 내뱉듯 말했다.

이후, 넷이 저마다 생각에 잠기자 숨 막히는 침묵이 넓은 실내를 점령했다.

넷이 오랜만에 대화를 나눈 것은 뻐꾸기시계가 11시를 알린 순간이었다. 하지만 대화의 계기는 시계가 아니라 도시마가 자리에서 일어나 방을 나가려 했기 때문이다. 지난 두 시간 남짓 아무도 밖에 나가지 않은 것이었다.

"어딜 가나?" 그때까지 소파에 널브러진 채 누워있던 반도가 벌떡 일어나며 따졌다.

"어디라뇨, 화장실이죠." 도시마가 쓴웃음을 지으며 대답했다.

"진짜지? 설마 범인을 알아서 선생 방에 가는 건 아니겠지?"

"아닙니다." 도시마는 웃으며 나갔다.

"정말 화장실에 가는 걸까?" 반도는 여전히 불안해했다.

"만약 선생 방에 가는 거라도 어쩔 수 없는 일 아닙니까?" 지바가 차갑게 말했다. "그것은 그에게 추리력이 있다는 말이니까요. 물론 방에 간다고 반드시 정답에 도달한 거라고 할 순 없지만."

"그야 그렇지만." 반도는 소파에서 책상다리하고 자기 어깨를 주무르면서, 역시 소파에 누워 있는 아고카와를 내려다봤다. "어때? 추리 좀 했어?"

"했으면 지금쯤 선생 방으로 달려갔겠지." 아고카와는 소설을 테이블 위에 휙 내던졌다. "안 되겠어. 하나도 모르겠어. 어디에 실마리가 있는지조차 모르겠고 어떻게 추리해야 좋을지 짐작도 안 가."

"나도 마찬가지야. 역시 중년 남자에게는 무리겠지." 반도는 식탁에 앉은 지바를 봤다. "자네는 어떤가. 뭔가 잡아냈어?"

"뭐, 조금은." 지바가 답했다.

반도는 혀를 찼다.

"부럽네. 지금 알아낸 거라도 가르쳐주면 감사하고 감격할 텐데."

"그만해." 아고카와가 나무랐다.

"이거 아무래도 그리 어렵지 않은 것 같습니다." 지바가 말했다. "무엇보다 독자용 범인 맞추기 소설이니까 일반 독자가 풀 수 없는 어려운 수수께끼라면 문제가 있죠."

"그러니까 나랑 아고카와 씨의 추리력은 일반 독자보다 못하다는 소리야?"

"뭐, 별로 놀랄 일도 아니지." 아고카와가 담담하게 말했다. "유감스럽지도 않네."

반박할 말을 찾지 못했는지, 반도는 침묵했다.

곧 도시마가 돌아왔다. 손수건을 주머니에 넣으면서 원래 자리에 앉았다.

"자, 그럼 선생 방에 가볼까?"

아고카와가 일어나는 바람에 다른 셋은 놀란 표정으로 그를 올려다봤다.

"농담이야. 나도 화장실이야." 그렇게 말하고 그가 나갔다.

그 직후, 이번에는 사쿠라기 히로코가 나타났다.

"마실 거라도 준비해 드릴까요?" 가장 연장자여서인지, 그녀의 시선은 반도를 보고 있었다.

"아뇨, 저는 괜찮습니다." 그는 그렇게 말하고 지바와 도시바를 봤다. 하지만 둘 다 말없이 고개를 저었다. "필요 없는 것 같네요." 그는 사쿠라기 히로코에게 말했다.

"그럼 저는 이제 쉬러 가겠습니다." 그녀는 인사하고 방을 나갔다.

그러자 반도가 그녀의 뒤를 쫓듯 뛰어나갔다. 지바와 도시마는 서로의 얼굴을 바라봤다.

"뭔가 생각이 난 것 같은데요." 도시마가 말했다.

"뭐, 대체로 짐작은 가는데 잘되지 않는가 봐." 그렇게 말하고 지바는 흥 하고 콧방귀를 꼈다.

"사쿠라기 씨, 사쿠라기 씨." 반도는 사쿠라기 히로코를 따라 계단을 내려갔다.

그녀는 지하실 문 앞에서 돌아봤다.

"왜 그러세요?"

"실은 긴히 부탁드릴 게 있습니다." 반도는 그렇게 말하고는 문을 봤다. "여기가 당신 방입니까?"

"이런 지역은 지하가 살기 편해요. 여기는 예전에 선생님이 작업실로 쓰시던 방입니다."

"그렇군요." 반도는 고개를 끄덕였다. "안으로 들어갈 수는…… 없겠죠."

"그건 좀." 사쿠라기 히로코는 고개를 기울이고는 미소 지었다.

"그렇다면 여기서도 괜찮습니다. 부탁은 다른 게 아닙니다. 그 소설의 범인을 알려주셨으면 합니다."

"네?" 사쿠라기 히로코는 커다란 눈을 더 크게 떴다.

"물론 그냥 알려달라는 건 아닙니다. 그에 상응하는 보답을 하겠습니다. 그러니까 부디 저를 도와주세요."

"자, 잠, 잠깐만요." 절굿공이처럼 고개를 숙이는 반도를 내려다보며 사쿠라기 히로코가 말했다. "뭔가 오해하신 것 같은데요. 저는 몰라요."

"아니, 비서인 당신이 모를 리 없습니다. 부디 저를 도와주세요. 제발 부탁드립니다." 머리를 계속 숙였다.

"정말 몰라요. 선생님은 그런 걸 절대 제게 말씀하지 않으세요. 게다가 만약 안다고 해도 말할 수 없어요. 그럼 공평하지 않잖아요?"

"이런 급한 상황에서 옳은 말만 하지 마시고 부디, 제발 하나만."

"제가 분명히 모른다고 말씀드렸는데요." 사쿠라기 히로코는 날카로운 목소리를 냈다.

"무슨 일이시죠?" 위에서 소리가 났다. 이윽고 아고카와가 계단을 내려왔다. "어이, 반도 씨, 거기서 뭐 해?" 그러나 그는 이렇게 물은 직후 반도의 목적을 깨달은 듯했다. "하하하, 사쿠라기 씨에게 도움을 요청하는 담판인가?"

"아니, 그런 게 아니라……."

"속임수는 안 돼."

이때 사쿠라기 히로코의 방에서 단속적인 벨 소리가 들려왔다.

"어머, 선생님이 내선 전화를 하셨네." 사쿠라기 히로코가 말했다. "저, 이제 가도 될까요?"

"사쿠라기 씨, 정말 폐를 끼쳤습니다." 아고카와는 그렇게 말하고 반도의 팔을 잡았다. "자, 올라가자고."

"아고카와 씨, 부탁할게. 내게 소설을 가져가게 해줘."

"그러고 싶으면 스스로 뭔가 좀 해."

둘이 계단을 올라왔을 때 거실문이 열리고 지바가 나왔다.

"아니, 지바 씨, 다 풀었나?" 아고카와가 놓치지 않고 물었다.

"아뇨, 아직. 잠시 침실 쪽에서 생각할까 해서요."

1층에는 두 개의 손님방이 있다. 네 편집자는 그것을 침실로 쓰게 되었다.

"아고카와 씨는 어디 가세요?"

"아니, 아무것도. 둘이 머리나 식히려고 했지." 그렇게 말하고 아고카와는 반도를 끌고 현관으로 향했다. 중간에 손목시계로 시선을 떨구며 "벌써 11시 반인가?"라고 중얼거렸다.

밤 12시 정각에, 지바는 거실로 돌아왔다. 아고카와와 반도도 들어왔다. 시계의 뻐꾸기가 열두 번 우는 중이었다.

"제한 시간이 지났네." 아고카와가 시계를 보며 말했다. "이로 써 일단 내일 아침까지 선생의 신작 장편이 다른 사람에게 넘어 갈 걱정은 없겠군."

"하지만 잘 수는 없죠." 도시마가 말했다. "오늘 밤 안으로 어떻게든 정답을 알아내고 그 답안을 문틈으로 밀어 넣어야죠."

"바로 그건데, 가령 정답을 알았다고 해도 혼자서는 선생 방에 가지 않기로 정해놔야 해." 아고카와가 말했다.

"왜죠?" 지바가 물었다.

"선생 방이 잠겨 있지 않으니까. 해답지를 내는 것처럼 가서
는, 실은 서재에 숨어들어 범인 맞추기 소설의 해답 편을 훔쳐보
려 한다, 이런 상황을 생각 안 할 순 없잖아?"

"설마!"하고 도시마가 말했다.

"사실 나도 그렇게까지 하지는 않겠지 생각해. 하지만 누구나
잠시 나쁜 마음을 먹기도 하니까." 그렇게 말하고 아고카와는 슬
쩍 옆자리의 반도를 봤다.

"알겠습니다. 그럼 해답을 제출할 때까지는 혼자 행동하지 않
도록 하죠." 지바가 확인했다.

"그러자고. 여러모로 불편하겠지만 이런 일은 철저히 하는 편
이 낫잖아."

아고카와의 의견에 전원이 동의했다.

4

뻐꾸기시계가 오전 8시를 알렸다.

소파에 누워있던 아고카와는 상반신을 일으키고 얼굴을 문질

렀다.

"아이고, 기어이 한숨도 못 잤네."

"푹 주무시지 않았나요?" 식탁에 엎드린 채 도시마가 진저리를 치며 말했다. "코까지 고셨어요."

"어? 그래?" 아고카와는 두리번두리번 주위를 둘러봤다. "다른 사람은?"

"지바 씨는 세수하러 간 것 같습니다. 반도 씨는 화장실이겠죠."

"흠." 아고카와는 두 손을 올려 기지개를 켜더니 문득 뭔가 떠오른 표정을 지었다. "설마, 누군가 수수께끼를 푼 거 아니겠지."

"글쎄요. 반도 씨는 다른 소파에서 내내 꾸벅꾸벅 조셨고요, 지바 씨도 여기서 밤사이 계속 심각한 표정으로 생각에 잠겨 있었으니까, 아마 아직 못 푼 것 같습니다."

"그래? 그럼 아직 내게도 기회가 있군." 아고카와는 팔짱을 끼고 고개를 끄덕였다. "밤중에 선생 방에 숨어 들어간 사람도 없겠지."

"그건 괜찮을 겁니다. 서로 감시했으니까요. 다른 두 분에게도 물어보세요." 도시마가 귀찮다는 듯 말했다.

그 둘이 나란히 돌아왔다.

"아고카와 씨, 일어나셨어요?" 지바가 놀리듯 말했는데 그 얼굴에도 피로의 기색이 역력했다.

"다들 얘기했어. 아고카와 씨는 이미 경기를 포기했다고." 반도가 말했다.

"농담하지 마. 승부는 지금부터야."

아고카와가 그렇게 말한 직후였다. 여자의 비명이 2층에서 들렸다.

"뭐지?" 반도가 천장을 올려다봤다.

"사쿠라기 씨 목소리인데요." 도시마가 일어나 문을 향해 달려갔다. 다른 사람도 그의 뒤를 이었다.

계단을 올라가 복도 막다른 곳이 우도가와의 서재였다. 그 문쪽에서 사쿠라기 히로코가 멍하니 서 있었다.

"왜 그러세요?" 도시마가 물었다.

"아······. 저기, 우도카와 선생님이······ 선생님이······." 사쿠라기 히로코가 실내를 가리킨 채 금붕어처럼 입만 뻐끔거렸다.

도시마는 문을 열고 안으로 들어갔다. 다른 세 편집자도 뒤를 이었다. 하지만 실내 풍경을 본 순간, 모두 걸음을 멈췄다. 걸음뿐만 아니라 모두 꼼짝없이 굳어버렸다. 소리를 내는 사람도 없었다.

우도가와 데이스케가 바닥에 쓰러져 있었다. 바로 옆 서재 책상 위에 놓인 컴퓨터는 켜진 채였다. 그리고 실내에는 A4 크기의 흰 종이가 흩어져 있었다. 그중 한 장이 우도가와의 작무의를 입은 등에 올려져 있었다.

"다들 움직이지 마." 아고카와가 그렇게 말하고 우도가와의 신체로 다가갔다.

그는 바닥에 한쪽 무릎을 짚고 앉고 우선, 우도카와의 오른쪽 목에 손을 댔다. 그리고 바로 사쿠라기 히로코를 포함한 넷을 올려다보며 고개를 저었다.

"돌아가셨습니까?" 지바가 물었다. 목소리가 뒤집혔다.

"그러네. 게다가……." 거기까지만 말하고 아고카와는 입을 다물었다.

"게다가…… 뭔데?" 반도가 재촉했다.

아고카와는 침을 꿀꺽 삼켰다. 그리고 전원의 얼굴을 천천히 둘러봤다.

"게다가 자연사가 아니야."

"뭐라고?"

반도는 시신으로 다가오려 했다. 하지만 발이 말을 안 듣는지, 두세 걸음 앞으로 나오다가 멈추고 말았다.

대신 지바와 도시마 둘이 시신에 다가왔다. 사쿠라기 히로코는 우두커니 서 있기만 했다.

"이걸 보라고." 아고카와는 그렇게 말하며 시신의 목덜미를 가리켰다.

우도가와 데이스케의 두꺼운 목에는 확연히 끈 형태의 것으로 졸린 흔적이 남아 있었다. 게다가 그 흔적에는 어떤 문자가 새겨져 있었다. 그것은 흉기가 된 끈에 자수로 놓인 글자 같았다.

그 글자는 피부에 새겨지는 바람에 좌우가 바뀌어 있었는데 원래대로 돌리면 알파벳 TU로 읽혔다.

도시마가 자신의 넥타이를 들고 작은 비명을 질렀다.

(문제 편 끝)

※

긴초샤 문예 출판부의 가타기리가 시마부쿠로 긴이치로의 서재 문을 두드린 것은 밤 12시 조금 전이었다. 저녁 식사 후, 씻지도 않고 범인 맞추기 소설과 격투한 탓에 머리가 엉망이고 얼굴에는 기름이 올라와 있었다. 어제 막 완성된 시마부쿠로 긴이치로의 100권 출판 기념 넥타이도 매듭이 상당히 느슨해졌다.

"들어오게"라는 목소리가 서재 안에서 들려왔다. 가타기리는 실례하겠다고 말하고 문을 밀어 열었다.

시마부쿠로는 안쪽 서재 책상을 보고, 즉 입구에 등을 돌리고 앉아 있었다. 랩톱 스타일의 워드프로세서 키보드에 딸깍딸깍 뭔가를 치고는 의자를 휙 돌렸다.

"범인을 알아냈나?" 시마부쿠로는 흥미진진한 표정으로 물었다.

"아마," 가타기리가 말했다. "아마 틀리지 않을 겁니다."

신작 장편소설은 제 겁니다, 그는 그렇게 말하고 싶은 걸 간신히 참았다.

"음, 그럼 들어보지. 그리고 작품의 감상도 얘기해주면 좋겠네." 시마부쿠로가 앉은 채 팔짱을 끼고 가타기리를 올려다봤다.

남은 의자가 없는 듯해 가타기리는 그대로 선 채 설명하기로 했다.

"우선, 재미있었습니다." 그가 말했다.

"범인 맞추기 소설을 네 편집자에게 돌리고, 정확하게 추리한 사람에게 신작을 건넨다는 점이 특히 흥미로웠습니다."

"그렇지." 하하하, 시마부쿠로는 유쾌한 듯 웃었다. "무엇보다 현실 세계와 완전히 똑같으니까. 일단 등장인물의 이름은 가공이지만."

"설마, 제가 모델인 등장인물도 이 안에 있단 말씀입니까?"

"아, 그건, 말하지 않기로 하지." 시마부쿠로는 싱글싱글 웃으면서 책상 위의 담배를 들어 입에 물고 라이터로 불을 붙였다.

"그리고 특정 인물의 시점으로 쓰지 않는 것도 재밌었습니다. 그래서 등장인물의 내면이 전혀 그려져 있지 않죠. 어디까지나 밖에서 보는 표정이나 동작에 머물러 있습니다. 그러니까 등장인물 모두 완벽히 평등하게 그려졌습니다. 살해된 우도가와 데이스케를 제외한 모두가 용의자라는 거죠."

"범인 맞추기 소설 규칙을 철저히 따랐지." 시마부쿠로는 만족스러운 듯 연기를 뿜어냈다.

"그 목적은 잘 압니다."

"그래. 자, 그럼, 슬슬 자네의 추리를 들려주겠나?"

"알겠습니다. 다만 그 전에 우선 중요한 핵심을 지적하고자 합니다." 가타기리는 손가락을 세웠다. "그것은, 이 소설에는 서술 트릭이 있다는 겁니다. 그걸 모르면 범인을 알아내기 어렵죠."

(문제 편 끝)

해결 편

"서술 트릭?" 시마부쿠로는 아랫입술을 내밀며 고개를 갸웃거렸다. "그 말은 곧 작가가 독자에게 속임수를 썼다는 말인가?"

"그렇습니다."

"오호!" 시마부쿠로는 책상 위에 놓아둔, 문제 편 복사본을 펄럭펄럭 넘겼다. "그렇군, 그랬어! 그거 재밌네. 계속하게."

마치 서술 트릭 같은 것은 생각지도 못했다는 듯한 작가의 말투에, 가타기리는 조금 불안해졌다. 그러나 자신의 추리가 틀릴 리 없다고 생각하고, 가타기리는 심호흡을 한 후 이야기를 재개했다.

"그 전에, 잠깐 간단한 추리를 먼저 해야 할 것 같네요. 우선 흉기가 명백히 넥타이라는 점에 주목해보죠. 여기서 사용된 넥타이는 우도가와 데이스케의 50권 발매 기념 파티에서 배포될 예정이라 이날 반도가 견본으로 가져왔습니다. 그러므로 반도 이외의 인물이 사전에 준비할 수 없다고 생각해도 지장이 없겠죠. 그럼 비서인 사쿠라기 히로코를 우선 용의자에서 제외하겠습니다."

"넥타이에 대해서는 작가의 설정을 존중하고 싶네. 견본이 아니라 50권 발매 기념 파티에서 나눠줬다는 설정이라면 미리 구해둘 가능성이 생기니까."

"그건 압니다." 가타기리는 말하면서 자신의 넥타이를 만졌다. 이것 또한, 다음에 열릴 시마부쿠로 긴이치로 100권 발매 기념 파티에서 배포될 예정인 물건으로 견본이었다. 즉 현시점에서 이 물건을 가지고 있는 사람은 가타기리 외에는 이 저택에 와 있는 다른 남성 편집자뿐이다.

"그럼 결국은 네 편집자 중 하나가 범인이란 말이군." 시마부쿠로가 계속하라고 권했다.

"그렇게 됩니다. 자, 그럼 범행 시각을 좁힐 수 있습니다. 우선 저녁 식사부터 밤 11시까지, 어떤 편집자도 단독으로 행동하지 않았습니다. 밤 12시부터 사체가 발견될 때까지도 마찬가지입니다. 범행은 11시부터 12시 사이로 보는 게 좋겠죠. 그럼 이 동안 누가 단독 행동했나. 아고카와, 지바, 도시마 세 사람은 어떤 형태로든 혼자였습니다. 그러나 반도만은 늘 누군가와 같이 있었습니다. 여기서 반도를 제외할 수 있습니다."

"거기까지는." 시마부쿠로가 헛기침을 한번 했다. "누구나 알수 있어."

"맞는 말씀입니다. 문제는 여기부터입니다. 우선 주목해야 할 점은 반도가 사쿠라기 히로코를 그녀의 방 앞까지 쫓아가 범인을 알려달라고 부탁했을 때죠. 중간에 아고카와가 나타났는데 이 직후, 사쿠라기 히로코의 방에 우도가와 데이스케에게서 전화가 걸려 왔습니다. 즉 이 시점에서 우도가와는 살아 있었다는 거죠. 그리고 이후 아고카와와 반도는 내내 같이 있었습니다. 반도는 범인이 아니고 공범은 없다고 했으니까 아고카와도 용의 대상에서 벗어나게 됩니다."

"그렇지!"

시마부쿠로는 담뱃갑에서 담배 하나를 더 꺼내 입에 물고 불을 붙였다. 하지만 재떨이에 아까 불을 붙인 담배가 그대로 남아 있다는 걸 깨닫고 서둘러 그 담배를 비벼 껐다.

"계속하게." 시마부쿠로가 말했다. "용의자는 이로써 둘로 좁혀졌군. 지바와 도시마 둘."

"사쿠라기 히로코와 헤어진 아고카와와 반도가 마당으로 나오기 직전, 침실로 가려던 지바와 만났습니다. 요컨대 이후부터 지바와 거실에 남아 있던 도시마는 혼자였습니다. 둘 중 하나가 범인이라는 소리죠."

"그래서, 누구지?"

"도시마입니다."

"왜지?"

"지바는 넥타이를 가지고 있지 않았으니까요."

"가지고 있지 않았다고?"

"지바는 여성입니다."

"아……."

시마부쿠로는 입을 반쯤 벌린 채 정지 화면처럼 움직이지 않았다. 살짝 백치 같아 보이는 그 표정을 보면서 가타기리는 이야기를 계속했다.

"이게 아까 말한 서술 트릭입니다. 처음부터 읽어보면 지바가 남자라고 여겨질 기술은 전혀 없습니다. 자신을 남성으로 지칭하는 말을 하지도 않습니다. 차 안에서 반도가 넥타이를 나눠주는 장면이 있는데 지바만 그걸 맸다는 기술이 없습니다."

시마부쿠로는 자신이 쓴 소설을 수없이 다시 읽었다. 그리고 음, 하고 신음했다.

"하지만 말이야, 지바가 여성이라는 기술도 없지 않나? 남성이라는 기술이 없다는 것만으로 여성이라고 주장해선 옳은 추리라고 할 수 없어."

"맞습니다. 물론 저는 지바가 여성임을 알려주는 기술을 발견했습니다."

"어디지?"

"저녁 식사 후에 넷이 얘기하는 장면입니다. 지바는 의자 등받이에 재킷을 걸쳐 놓았습니다. 그 재킷 단추를 힘없이 늘어뜨린 왼손으로 만지작거리는 장면이 나옵니다. 그건 단추가 왼쪽에 붙어 있다는 소리죠. 즉 이 재킷은 여성용이라는 거죠."

"그런가……." 시마부쿠로는 그 부분을 찾아 읽으며 고개를 끄덕였다. "그런가?"

"이제까지 얘기한 추리에 따라 범인은 도시마입니다. 어떻습니까? 저는 정답이라고 생각하는데요."

가타기리의 목소리가 귀에 닿지 않았는지, 시마부쿠로는 그저 고개만 끄덕이고 있을 뿐이었다. 그리고 천천히 고개를 들어 마침내 젊은 편집자의 얼굴을 봤다.

"아이고, 잘 알았네. 그랬군. 음. 그게 정답일 거야. 그걸로 된 것 같네. 아니, 덕분에 살았어. 이걸로 됐어." 그렇게 말하고 의자를 돌려 책상 쪽으로 몸을 돌렸다.

가타기리는 여우에라도 홀린 듯한 심정으로 작가의 구부정한 등을 바라봤다.

"저기, 무슨 말씀이시죠? 알다니, 무슨 말씀이신지. 살았다니, 무슨 뜻입니까?"

그러자 시마부쿠로는 다시 몸의 방향을 휙 돌렸다. 계면쩍은 얼굴에 싹싹한 미소를 짓고 있었다.

"아니, 이제 솔직히 얘기해야겠군. 나도 범인이 누군지 몰랐네."

"예?" 가타기리는 눈을 부릅떴다. "몰랐다니, 그게 무슨……."

"그 소설은 작년 여름에 죽은 아내가 써 놓은 거라네. 자네도 아내가 내 유령 작가일 거라는 소문은 들었겠지. 대다수는 믿지 않은 듯하네만, 사실은 그 소문이 진짜라네."

"아니!"

"쉿!" 시마부쿠로는 입술에 검지를 댔다. "그렇게 큰소리 내지 말게. 물론 내가 낸 모든 책이 아내의 저작은 아니야. 몇 권 중 하나는 내가 썼어." 그리고 그는 자신이 쓴 작품 제목을 댔다. 가타기리가 아는 한 그것들은 시마부쿠로 작품 중에서도 실패작으로 평가되는 것들뿐이었다.

"그래서 사모님이 돌아가신 후 집필 속도가 떨어진 겁니까?"

"뭐, 그렇지. 계속 소설을 쓰는 일은 정말 힘들어." 마치 다른 사람의 일인 듯 시마부쿠로는 태연한 얼굴로 말했다.

"그래서, 이번 범인 맞추기 소설이란……."

"아내의 유작이지. 거기까지 쓰고 해결 부분을 내게 알려주지 않은 채 죽어버렸어. 그래서 지금까지 발표하지 못하고 있었는데 이번에 도무지 좋은 소설 아이디어가 나오질 않아서 범인 맞추기 소설이라는 형태로 발표해버린 거지. 월간지니까 한 달 동안에 해결 편을 생각하면 될 것 같아서."

"그런데 생각나지 않으셨군요."

"정답!" 시마부쿠로가 손뼉을 쳤다. "아무리 머리를 짜내도 모르겠어. 그래서 사실은 편집부에 부탁해 독자가 응모해온 해답을 보여달라고 할까 생각하기도 했지. 좋은 해답이 있으면 그걸 참고로 해답 편을 쓸까 해서."

"아……."

가타기리는 너무 어이없어 말이 나오지 않았다. 독자의 해답을 바라고 자기도 모르는 범인 맞추기 소설을 발표하는 작가라니, 세상 어디에도 없을 일이었다.

"그런데 그 작전도 제대로 되지 않았어." 시마부쿠로가 떨떠름한 표정으로 말했다.

"왜죠?"

"제대로 된 정답이 오질 않았더군. 그보다 응모 자체가 거의 없었어. 아, 정말! 소설잡지가 안 팔린다는 소리는 들었지만, 이 정도일 줄은 몰랐네."

당신 같은 작가가 있으니까 그러는 거라는 말을 하려다가 가타기리는 참았다.

"혹시 그래서 우리를?"

"뭐, 그런 거지." 시마부쿠로는 밝게 말했다. "자네들이라면 어떻게든 해주리라 생각했지. 역시 기대했던 대로야. 이제 살았어. 창피를 면했네."

"그거…… 다행이네요."

"잘됐어, 정말 잘됐어. 그럼, 해결되었으니까 나는 지금부터 해결 편을 쓰겠네." 시마부쿠로는 의자를 돌렸다. 그리고 워드프로세서 키보드를 마주했다.

가타기리는 작가의 뒷모습을 한동안 멍하니 바라본 후, 입을 열었다.

"저기······."

"왜 그러지?" 아직 거기 있었느냐고 말하는 듯 거만한 말투로, 시마부쿠로가 대답했다. 가타기리에게 등을 돌린 상태였다.

"그래서 아까 말씀하신 원고는?"

"아까 원고?"

"범인을 알아내면 장편 신작을 주신다고 하셨잖습니까? 그때 보여주셨던 원고 말입니다."

"아아, 그거? 그거라면 아까 보여준 종이봉투 안에 있네." 시마부쿠로는 등을 돌린 채 방구석을 가리켰다.

말한 대로 정말 그곳에는 종이봉투가 있었다. 안에는 A4 종이 다발이 들어 있었다.

"이걸 가져가도 되는 거죠?" 가타기리가 물었다.

"아아, 괜찮다면 그러게."

"좀 보겠습니다."

가타기리는 흥분한 채 그 종이 다발을 꺼냈다. 하지만 곧 그 얼굴에서 핏기가 사라졌다.

"서, 선생님······. 이게 뭡니까? 여기에는 아무것도 프린트되어 있지 않습니다. 전부 백지인데요."

"백지야. 그게 왜?"

"왜라니······."

"그게 원고라고는 한마디도 하지 않았네. 범인을 맞춘 사람에게 장편 신작을 주겠다고 했지 완성했다고는 안 했어."

"아니……. 그럼, 처음부터 속일 생각……."

"참, 듣기 불편한 말을 하는군!" 시마부쿠로가 고개를 돌려 살짝 가타기리를 봤다. "걱정하지 말게. 다음 장편은 자네 출판사에 주지. 그럼 됐지?"

"하지만 그건, 사모님 작품이 아니지 않습니까?"

"그야 그렇지. 아내는 이미 죽었으니까."

"그럼 쓴다고 해도 언제가 될지도 모르는 거 아닙니까?"

"아, 참! 성가시네." 시마부쿠로는 내뱉듯 말했다. "자네들은 그저 얌전히 기다리면 그만이야. 베스트셀러 작가는 신이라는 걸 잊지 말게. 알았으면 빨리 나가."

작가의 호통에 조건 반사로 가타기리는 문으로 향했다. 하지만 손잡이를 잡기 전에 넥타이가 그의 눈에 들어왔다. 시마부쿠로 100권 발매 기념 넥타이다.

뭔가가 그의 머릿속에서 터졌다. 그는 몸의 방향을 바꾸고 천천히 넥타이를 풀면서 작가에게 다가갔다.

(해결 편 끝)

고령화 사회 살인사건

고령화 사회 살인사건

1

만나기로 한 카페 '시부사와'에, 야부시마 기요히코의 모습은 보이지 않았다. 고타니 다케오는 일단 안심하고 입구가 보이는 위치에 자리를 잡았다. 웨이트리스가 주문을 받으러 와서 커피를 주문했다.

고타니는 쭉 놓인 4인용 테이블을 둘러보며 얼마나 이 카페를 드나들었는지 생각했다. 야부시마의 담당이 되고부터니까 약 20년쯤 된 건가. 야부시마를 담당하던 선배를 따라왔던 게 처음이었다. 당시에도 이미 팩스가 널리 보급되어 있었고, 작가 중에는 전자 메일로 원고를 보내는 사람도 적지 않아 편집자가 작가와 카페에서 만나는 일은 줄었는데, 야부시마는 직접 원고를 건네는 걸 좋아했다. 이 가게는 그 원고를 받기 위해 이용해 왔다.

그리고 오늘도 고타니는 원고를 받기로 약속되어 있었다. 월간 소설잡지 『소설 긴초』에 연재 중인 추리소설이다.

고타니 옆자리에서는 젊은 남자가 수첩 크기의 컴퓨터를 조작하고 있었다. 작은 안테나가 세워져 있는 걸 보니, 아무래도 인터넷에 접속 중인 듯하다. 휴대전화와 휴대용 컴퓨터가 하나로 합쳐지고, 나아가 손바닥에 올라가는 크기까지 소형화된 제품이 나온 게 몇 년 전이었더라. 고타니의 회사에서도 몇 명이 가지고 있었다. 그리고 그게 있으면 어디 있더라도 작가와 원고를 주고받거나 인쇄소와 소통할 수 있다는 것이다. 한 젊은 편집자는 지독한 설사에 시달리던 날, 업무 대부분을 집 화장실에서 해치웠다고 했다. 고타니가 젊었을 때는 상상할 수도 없는 일이었다.

뭐, 그래도, 그걸로 모든 게 해결되는 건 아니다. 고타니는 그렇게 생각하며 남몰래 여유로운 미소를 지었다. 21세기에 들어온 지 오래지만 모든 사람이 기계 문명에 익숙해진 건 아니다. 무엇보다 자신처럼 작가의 원고를 받으러 카페에 오는 편집자도 있으니까 말이다. 야부시마 기요히코는 20년 전과 다름없이 팩스도 전자 메일도 쓰지 않고 있다. 덧붙이자면 그는 아직도 원고를 직접 종이에 쓰고 있었다.

웨이트리스가 커피를 가져왔다. 고타니는 커피 향을 한 번 맡고 블랙으로 한 모금 마셨다. 이 가게 커피 맛은 20년 전과 조금도 달라지지 않았다. 그는 이 커피를 마셔야 자신에게 기합을 넣을 수 있었다. 커피를 너무 마시면 몸에 독이 된다는 글을 얼마 전에도 잡지에서 봤는데 그게 무슨 상관이냐는 생각이다. 편집자에게 커피는 필수품이다. 사실은 담배도 그런데 공공장소에서의 흡연은 이미 여러 해 전에 금지되었다. 그러므로 커피가 최후의 보루였다.

고타니는 가방을 열고 안에서 커다란 봉투를 꺼냈다. 봉투 안에는 원고지를 묶은 다발이 몇 권 들어있다. 그것을 다 뺐다.

야부시마 기요히코가 현재 연재 중인 소설의 자필 원고다. 이미 9회까지 연재했으니까 원고도 아홉 다발이다.

고타니는 제1회 연재분을 펼쳤다. 그리고 커피를 한 모금 더 마시고 읽기 시작했다.

2
『눈의 산장 자산가 딸 밀실 살인사건』 제1회

홀로 열차에서 내린 다카야시키 히데마로는 코트 깃을 세워 차가운 바람을 막으면서 한적한 플랫폼을 걸었다. 개찰구에서는 백발의 역무원이 그의 기차표를 받으려 기다리고 있었다. 다카야시키는 승차권과 특급 좌석권을 함께 내밀었다. 역무원의 발 밑에는 전기스토브가 놓여 있었다.

작은 목조 역사의 대합실은 좁았다. 석유 난로를 둘러싸듯 벤치가 디귿 자 형태로 놓여 있을 뿐이었다. 모자(母子)로 보이는 일행이 앉아 있었다. 어머니는 30대일까. 목까지 올라오는 스웨터 위에 빨간 아노락*을 입고 있었다. 아이는 초등학교에 들어갔을 법한 남자아이였다. 만화 잡지를 읽으면서 검은 고무장화를 신은 다리를 대롱대롱 흔들고 있었다.

다카야시키가 앉으려는데 남자 하나가 들어왔다. 모피 조끼를 입고 귀마개를 한 덩치 큰 남자였다. 나이는 쉰쯤일까.

"다카야시키 탐정님입니까?" 남자가 물었다.

"그런데요." 다카야시키가 대답했다.

"늦어서 죄송합니다. 저는 사쿠라기 씨의 별장을 관리하는 나카무라 데쓰조라고 합니다. 모시러 왔습니다."

"아, 안녕하세요." 다카야시키는 모자를 벗고 고개를 숙였다. "일부러 먼 길 와주셔서 감사 드립니다."

데쓰조는 사륜구동 왜건 차로 왔다. 확실히 이런 차가 없으면 불안할 정도로 도로에는 눈이 두껍게 쌓여 있었다.

"다들 모였나요?" 차를 탄 후 다카야시키가 물었다.

---

* 모자가 달린 가볍고 짧은 상의. 주로 방풍·방우·방설용으로 입는다.

"그렇습니다. 우메다 씨 부부는 아침부터 계셨고, 마쓰시마 씨와 다케나카 씨도 조금 전 도착하셨습니다."

"그래요? 다들 몸은 어떤가요?"

"그게 우메다 씨 사모님이 지병인 류머티즘이 도져서 도착하자마자 온천에 가셨습니다. 다른 분들은 변함없이 정정하십니다."

"그거 다행이네요. 그럼 올해도 즐거운 새해를 맞겠네요."

"네. 다들 그렇게 말씀하셨습니다."

사쿠라기 요타로가 자신의 별장에서 함께 새해를 맞지 않겠느냐고 다카야시키를 초청한 것은 바로 일주일쯤 전이었다. 사쿠라기는 다카야시키의 대학 동창으로, 지금도 늘 연하장을 주고받는 사이였다.

마지막으로 만난 것은 몇 년 전인데, 도도로키에 있는 그의 집으로 다카야시키가 놀러 갔었다. 그때 우메다 부부와 마쓰시마 지로, 다케나카 가요코 등과도 친해졌다. 모두 사쿠라기와는 40여 년간 교류했다고 한다.

"미네코 씨는 건강한가요?" 다카야시키가 물었다.

"네. 건강하십니다."

"더 아름다워지셨겠죠."

"네, 그야 뭐." 데쓰조는 마치 자신이 칭찬받은 듯 흐뭇한 표정을 지었다.

미네코는 사쿠라기의 외동딸이다. 다만 친딸이 아니라 세 번째 부인이 데려온 아이였다. 그러나 그때까지 아이가 없었던 사쿠라기는 새 아내와 함께 그 아이를 끔찍이 아꼈다. 다카야시키가 몇 년 전에 만났을 때 대학생이었으니까 지금은 아마 20대 중반일 것이다.

사륜구동 왜건은 눈길을 성큼성큼 나아갔다. 조심스러운 데쓰조의 운전 덕분에 조수석의 다카야시키는 전혀 불안감을 느끼지 않았다.

지금까지 내내 오르막길이었는데 갑자기 내리막길이 나타났다. 자동차 속도가 확 빨라지고 타이어가 살짝 미끄러지는 듯했다. 이거 좀 위험하지 않나 싶어 다카야시키가 옆을 봤다. 그랬더니 데쓰조가 창백한 얼굴을 하고 있었다.

"왜 그래요?"

"브레이크가…… 브레이크가 듣질 않아요."

"뭐요!"

3

고타니는 식어 버린 커피를 다 마시고 입구 문을 힐끗 봤다.

야부시마는 아직 나타나지 않고 있다. 약속 시각에서 10분이나 지났는데 늘 있는 일이다. 앞으로 10분간은 오지 않으리라 고타니는 예상했다. 그래서 웨이트리스를 불러 커피를 더 주문했다. 그리고 지금까지 읽던 원고를 다시 봤다.

여기까지는 그럭저럭 괜찮네, 라고 생각했다. 시리즈 캐릭터인 다카야시키의 등장도 자연스러웠고 앞으로 어떤 세계에 들어가는지도 바로 알 수 있다. 소설이 시작되자마자 브레이크 고장이라는 사건의 전조 같은 일이 일어나는 것도 좋다.

단점이라면, 늘 하는 말이지만 현대적인 감각이 전혀 없다는 점이다. 무엇보다 이 소설은 현대가 배경일 텐데 그럼 이상한 점이 너무 많다.

우선 느닷없이 목조 역사가 등장한다. 그런 건물은 요즘 어떤 시골에 가더라도 볼 수 없다. 개찰구 역시 전국 방방곡곡 어디나 자동 개찰이다. 대합실의 어머니와 아들도 아무리 봐도 요즘 모자지간이 아니다. 이럴 때 아이가 들고 있는 건, 당연히 초소형 컴퓨터 게임기여야 한다. 어머니의 패션도 이상하다. 요즘 세상에 아노락이란 단어를 몇 명이나 알고 있을까.

하지만 뭐, 그래도 됐다. 무엇보다 중요한 것은 소설로서 형태를 제대로 갖췄는지다. 그리고 그 점에 관해서라면 제1회는 합격점을 줄 수 있다.

브레이크가 말을 듣지 않는 위기를 다카야시키는 순간적인 기지로 해결한다. 조사해보니 누군가가 차에 손을 댄 흔적이 있다. 하지만 다카야시키는 데쓰조에는 이 일을 아무에게도 말하지 말라고 입막음한다.

사쿠라기 요타로의 별장에 도착하니, 사쿠라기 요타로와 체류객들은 거실에서 담소를 나누고 있었다. 우메다 부부, 마쓰시마 지로, 다케나카 가요코 등이 차례로 독자에게 설명된다. 그리고 거기에 미네코가 나타난다.

선녀가 하늘에서 내려온 듯, 하얀 드레스를 입은 미네코가 천천히 계단을 내려왔다. 그 아름다움에 그야말로 숨이 멎을 지경이었다.

너무하네, 고타니는 쓴웃음을 짓고 말았다. 이 예스러움은 좀 어떻게 했으면 좋겠다. 그러나 다시 생각해보니 이것도 야부시마로서는 최대한 노력해 쓴 것이리라.

미네코의 뒤로 또 다른 사람이 나타났다. 스기야마 다쿠야라는 청년이었다. 그가 미네코의 약혼자라는 사실이 사쿠라기의 입을 통해 밝혀진 시점에서 연재 제1회가 끝났다.

이때는 아직 이 사람 머리도 멀쩡했구나, 하고 고타니는 회상했다. 이 사람이란 물론 야부시마 기요히코를 말한다. 연재 2회, 3회로 가면서 상황이 이상해진 것이다.

고타니는 3회 원고를 꺼내 뒤쪽을 펼쳤다. 드디어 사쿠라기 미네코가 사체로 발견되는 장면이다.

식탁에 아침 식사가 다 차려졌는데도 미네코는 여전히 모습을 드러내지 않았다. 신문을 읽던 요타로는 고개를 들고 벽시계를 힐끗 본 후 미간을 찌푸렸다.

"미네코는 도대체 뭘 하는 거지? 다들 모였는데 왜 게으름을 피울까. 설마 아직도 자는 건 아니겠지."

"아이, 괜찮죠, 뭐. 어제 우리를 맞느라 피곤했을 텐데요." 우메다 요시에가 미소를 지으며 말했다.

"맞아요. 특히 어제는 약혼자를 우리에게 소개하는 큰일을 치렀으니까요. 틀림없이 꽤 긴장했을 겁니다. 우리는 괜찮으니까 더 자게 해주죠." 우메다 겐스케의 말에 마쓰시마 지로와 다케나카 가요코도 고개를 끄덕였다.

"아니, 아닙니다. 말씀은 고맙지만, 앞으로 사쿠라기 가문을 이끌어갈 사람이 그래선 곤란하죠. 다쿠야 군, 자네도 오늘 아침 아직 미네코를 보지 못했나?"

스기야마 다쿠야는 그렇다고 대답했다.

"그럼 정말 자고 있을지 모르겠군. 요시코 씨, 미안하지만 미네코를 깨워주지 않겠나?" 요타로는 가사도우미로 일하는 요시코에게 말했다. 요시코는 알겠다고 대답하고 계단을 올라갔다.

"오늘도 날씨가 좋을 것 같네요." 발코니와 접한 통창으로 밖을 보던 다케나카 가요코가 말했다.

"하지만 일기예보에서는 오늘 밤부터 폭설이라고." 마쓰시마 지로가 말했다.

"어머, 그래요?"

"저도 어젯밤 뉴스에서 그렇게 들었습니다." 스기야마 다쿠야가 조심스럽게 끼어들었다. "새해 연휴 사흘 동안은 내내 날씨가 좋지 않답니다."

"유감이네. 그럼 새해 일출도 포기해야 하나." 우메다 요시에가 고개를 기울였다.

"그것도 좋지 않나? 눈을 보며 술이나 마시는 정취를 즐겨보자고." 우메다 겐스케가 싱글벙글했다.

"당신은 늘 술 생각이라니까."

그때 책을 읽던 요타로는 손목시계를 보고 고개를 갸웃했다.

"미네코는 도대체 뭘 하는 거지? 설마 아직도 자는 건가?"

"뭐, 그래도 괜찮지 않습니까? 어젯밤 우리를 맞느라 지쳤을 텐데요." 우메다 겐스케가 말했다.

"맞아요. 특히 어젯밤은 다쿠야 씨를 우리에게 소개해야 했으니까요. 긴장을 많이 했겠죠. 우리는 괜찮으니까 부디 푹 자게 하죠. 그렇죠, 여러분?" 우메다 요시에의 말에 마쓰시마 지로와 다케나카 가요코도 고개를 끄덕였다.

"아니, 아닙니다. 말씀은 고맙지만 앞으로 사쿠라기 가문을 이끌어갈 사람이 그래선 곤란하죠. 요시코 씨, 미안하지만 미네코를 깨워주지 않겠나?" 요타로는 가사도우미로 일하는 요시코에게 말했다. 요시코는 알겠다고 대답하고 계단을 올라갔다.

처음 이 부분을 읽었을 때 고타니는 뭐가 어떻게 된 건지 이해할 수 없었다. 다시 읽어보고 나서야 똑같은 얘기가 반복해 적혀 있음을 깨달았다. 그래도 이때까지는 아직 사태를 심각하게 여기지 않았다. 어떤 사정으로 집필을 중단했다가 재개하면서 실수로 같은 내용을 썼으리라 해석했다.

그런데 더 읽다 보니, 다른 의미에서 불가해한 부분이 나왔다.

갑자기 2층에서 비명이 들렸다. 사쿠라기는 잡지에서 고개를 들었다. "뭐지? 지금 소리는?"

"요시코 씨 목소리인데." 마쓰시마가 그렇게 말하고 일어났다.

마쓰시마가 계단을 뛰어 올라갔고 다카야시키도 그 뒤를 따랐다. 요타로 일행도 뒤를 따라왔다.

제일 먼저 마쓰시마가 미네코의 방으로 뛰어 들어갔다.

"앗! 큰일이야!" 마쓰시마가 소리쳤다.

이어서 다카야시키도 방으로 들어왔다. 그리고 그곳에 펼쳐진 풍경을 보고 그는 숨을 멈췄다.

미네코가 침대 위에 쓰러져 있었다. 게다가 등에는 칼이 깊이 박혀 있었다. "무슨 일이야. 어째서 이런 일이……." 나중에 들어온 요타로가 신음했다.

"모르겠어요. 제가 왔을 때는 이미 이런 상태였어요." 방 밖에서 벌벌 떨면서 요시코가 말했다.

다카야시키는 창으로 다가갔다. 그리고 찬찬히 관찰한 후 모두를 돌아봤다.

"창은 잠겨 있습니다. 손댄 흔적도 없습니다."

모두가 '그래?' 하며 생각하는 표정을 지었다.

다카야시키는 요시코에게 물었다. "당신이 여기 왔을 때 문이 잠겨 있었습니까?"

"잠겨 있었어요." 요시코가 고개를 끄덕이며 말했다. "틀림없어요."

"음." 다카야시키가 신음했다. "그렇다면 이거 아주 성가신데."

"무슨 뜻입니까?" 마쓰시마가 물었다.

다카야시키가 말했다. "보시다시피 미네코 씨는 누군가에게 살해됐습니다. 그러나 창문과 문이 모두 잠겨 있었습니다. 그럼 범인은 도대체 어떻게 이 방에서 나갔을까요. 즉 이것은 엄청난 밀실 살인사건입니다."

고타니는 이 원고를 받은 후, 수없이 이 부분을 다시 읽었다. 어째서 이게 밀실인가, 전혀 이해할 수 없었기 때문이다. 구체적으로 '문이 잠겨 있었다'라는 의미를 모르겠다.

어쩔 수 없이 고타니는 야부시마에게 전화해 물어보기로 했다.

"아, 저기, 이건 문에 자물쇠가 걸려 있다는 뜻인가요?"

"물론 그렇네"라는 것이 야부시마의 대답이었다. "안쪽에서 잠갔어."

"그런데 말이죠, 지난 회 이야기 속에 문은 걸쇠로 잠그는 방식이라는 말이 있었는데요."

"응. 걸쇠지. 고리를 거는 거."

"하지만 그러면 밖에서 문은 열 수 없습니다."

"당연하지. 그렇지 않으면 자물쇠의 의미가 없지. 자네는 무슨 말을 하고 싶은 건가?"

"아니, 그럼, 가사도우미는 어떻게 방에 들어갔나요?"

"아, 어떻게?"

"가사도우미 말입니다. 방에 들어갔잖아요."

"안 들어갔어. 잘 읽어보라고. '방 밖에서 벌벌 떨면서'라고 되어 있잖아."

"아, 그건 압니다. 하지만 누군가가 문을 열었잖습니까?"

"마쓰시마야. 도대체 뭘 읽은 건가!" 야부시마가 짜증스럽게 말했다.

"그럼 마쓰시마는 어떻게 열었나요? 아니, 안에서 걸쇠를 걸었잖습니까?"

"아······." 야부시마는 말을 잇지 못했다.

이 침묵은 고타니를 깊은 불안에 빠뜨렸다. 설마 이 사람, 이 정도 모순을 지금에서야 처음으로 알아차렸단 말인가······.

"아니면," 고타니가 말했다. "마쓰시마가 힘으로 방문을 부수고 들어간 건가요?"

이건 반쯤 야부시마를 도울 생각에서 한 말이었다. 그런데 야부시마는 그의 의도를 바로 파악하지 못한 듯 "어? 무슨 소리지?"라고 오히려 되물었다.

"그러니까 문이 안쪽으로 잠겨 있으니까, 만약 열었다면 문을 부수는 수밖에 없어서요."

잠시 침묵이 이어진 후 "아!" 하고 야부시마가 큰 소리를 냈다.

"그래. 응. 그렇지. 문을 부수고 들어갔지. 깜빡했네. 요즘 너무 바빠서."

"그럼, 여기 '제일 먼저 마쓰시마가 미네코의 방으로 뛰어 들어갔다'라는 부분 말인데요, '미네코의 방이 잠겨 있는 듯해 마쓰시마가 문을 발로 차 안으로 들어갔다'로 바꿔도 될까요."

"응. 그게 좋겠네." 야부시마가 말했다. "나도 그럴 생각이었어."

"다만 그렇게 하면 가사도우미의 비명이 문제가 됩니다."

"비명?"

"네. 다카야시키 일행은 비명을 듣고 2층으로 뛰어 올라갔습니다. 왜 가사도우미는 비명을 질렀나요?"

"그거야 당연히 사체를 봤으니까 그랬지."

고타니는 점점 머리가 지끈거리기 시작했으나 끈질기게 질문을 계속했다.

"하지만 이때 문은 아직 잠겨 있었습니다. 그런데 어떻게 사체를 보죠?"

전화 너머로 야부시마의, 앗 하는 조그만 비명이 고타니의 귀에 들렸다.

"이때는 아직 가사도우미가 사체를 보지 못했죠?" 그는 계속 질문했다.

"자네, 정말 끈질기군." 마침내 야부시마가 말했다. 불쾌한 목소리였다. "그런 사소한 부분에 집착하다 보면 스케일이 큰 작품은 완성하지 못해. 잔잔한 소설이 좋으면 다른 작가에게 쓰게 하게."

"아니, 저, 정말 죄송합니다."

"나도 인간이라 결점이 전혀 없는 작품을 쓰는 건 불가능해. 그걸 커버하는 게 자네 일이지."

"그럼 제가 적당히 고칠까요?"

"그렇게 하게. 어쨌든 나는 아주 바빠." 야부시마는 전화를 끊어버렸다.

이때는 결국, 가사도우미 요시코가 미네코에게 이상이 생긴 것 같다고, 다카야시키 일행을 부르러 왔다는 식으로 고타니가 고쳤다. 그리고 고친 원고를 보면서 생각했다. 아무래도 소문이 진짜인 것 같네.

그 소문이란, 요즘 야부시마 기요히코의 머리가 정상이 아니라는 것이었다.

4

고타니도 그런 조짐을 전혀 몰랐던 건 아니다. 야부시마의 최근 작품을 읽으면서 좀 이상하다고 생각하는 일이 종종 있었다. 줄거리에 억지가 많거나 수수께끼 풀이가 논리적이지 않을 때도 있었다. 이전 그의 소설은 그렇지 않았다.

드디어 그 사람에게 올 게 왔구나 싶었다. 생각해보면 당연한 일이다. 아니, 무엇보다 야부시마 기요히코는 올해로 아흔 살이다. 지금까지 용케 버텨온 셈이다.

사실은 현재 활동 중인 작가 중 몇 퍼센트 정도가 아흔을 넘겼다. 그중 몇 명은 치매라는 소문이다. 그렇다고 노작가가 갑자기 유행한 건 아니다. 그저 다들 나란히 나이를 먹었을 뿐이다.

21세기 들어 일본인들은 점점 책에서 멀어져 책이 팔리지 않게 되면서, 작가로 먹고살기는 지극히 어려운 일이 되었다. 그래서 젊은 사람 중에 작가가 되겠다는 사람이 눈에 띄게 줄었다. 최근 수십 년간 소설계에서 활약한 얼굴에 변화는 거의 없다. 그러니까 삼사십 대였던 작가들이 그대로 쭉 지금까지 작품을 쓰고 있다는 소리다.

그렇게 이어진 것은 작가들만이 아니다. 독자 역시 노화했다.

새로운 독자는 전혀 늘지 않고 있다고 해도 과언이 아니다. 수십 년 전과 똑같다. 그리고 그들은 새삼 새로운 작가의 책을 찾으려 들지 않는다. 자신이 좋아하는 작가의 책만을 간신히 읽어내는 것이다.

따라서 출판사는 새로운 작가의 책보다는 일단 기존 작가의 책을 낼 필요가 있다. 이렇게 아흔이든 백 살이든 그들에게 일을 의뢰하는 데는 그런 배경이 있다.

그러나 그건 그렇고, 고타니는 생각했다. 아무래도 야부시마 기요히코의 경우는, 문제가 아닐까. 다른 장르의 소설이라면 모를까 미스터리라고 부르는 작품을 치매가 시작된 머리로 쓰는 건 불가능하지 않을까.

고타니는 『눈의 산장 자산가 딸 밀실 살인사건』 제7회 원고를 펼쳤다. 이걸 처음 봤을 때의 충격은 당분간 잊을 수 없을 것이다.

장면은 탐정인 다카야시키가 두 번째 살인과 맞닥뜨린 데서 시작한다. 지난번 이야기에 따르면, 사체는 별장에서 조금 떨어진 숲속에 쓰러져 있었다.

"저기에 누가 쓰러져 있어!" 마쓰시마가 그렇게 말하고 달리기 시작했다.

다카야시키도 달렸다. 눈이 깊어 발이 걸려 넘어질 뻔했다.

거기 쓰러져 있는 사람은 미네코였다. 등에 칼이 깊숙이 박혀 있었다.

"무슨 일이야. 어째서 이런 일이……." 요타로가 신음했다.

다카야시키는 창으로 다가갔다. 그리고 찬찬히 관찰한 후 모두를 돌아봤다.

"여러분, 살펴보니 미네코 씨는 누군가에게 살해됐습니다. 그러나 창문은 잠겨 있었고 문도 안쪽에서 잠갔습니다. 그럼 범인은 어떻게 이 방에서 나갔을까요? 즉 이것은 엄청난 밀실 살인 사건입니다."

이런! 여기서 사쿠라기 미네코의 사체가 또 등장한 것이다. 게다가 장면도 분명 숲속이었는데 느닷없이 별장 안이 되었다. 밀실 살인이라고 다카야시키가 요란을 떠는 것도 3회 원고에서 이미 나온 얘기였다.

더 읽어봤으나 내용은 더 혼란했다.

우메다 겐스케는 귀신 같은 형상으로 요타로에게 따졌다.

"당신이 문제야! 당신이 우리를 이런 곳으로 불러서 차례로 사람이 죽어 나가게 되었어. 내 요시에를 돌려내!"

"우메다 씨, 진정하세요. 사쿠라기 씨도 피해자입니다. 미네코 씨가 살해됐으니까요." 다케나카 가요코가 설득하듯 말했다.

"젠장, 제기랄! 말도 안 돼! 왜 우리가 이런 일을 당해야 하냐고? 요시에는 왜 살해되어야 하냐고? 나는 절대 범인을 용서하지 않을 거야. 반드시 정체를 밝히고야 말 거야!"

그때 탐정 간나즈키 고지로가 나타났다.

"범인은 무슨 일이 있더라도 제가 찾겠습니다. 이 탐정 간나즈키가 풀지 못하는 수수께끼는 없습니다."

고타니는 이 부분을 읽고 나서야 간신히 숲속에서 발견된 두 번째 피해자가 우메다 요시에인가 싶었다.

하지만 무엇보다 어이없는 것은 간나즈키 고지로라는 등장인물이다. 이런 인물은 이 소설에 없다. 이는 야부시마가 다른 출판사에서 내는 책에 자주 등장하는 캐릭터였다. 아무래도 야부시마 기요히코의 머릿속에서 다카야시키와 간나즈키가 뒤섞여 있는 듯했다.

그리고 뒤섞인 채 이야기는 진행되었다.

간나즈키가 모두를 보고 말했다.

"즉 우메다 요시에 씨가 살해된 것은, 데쓰조 씨가 장작 패기를 끝낸 오후 3시부터 사체를 발견한 6시 반 사이가 됩니다. 자, 여러분, 그동안 어디서 뭘 하셨는지 여쭙고 싶은데요."

"나는 서재에 있었네. 책을 읽고 있었지." 사쿠라기 요타로가 대답했다.

"그걸 증명할 수 있나요?" 다카야시키가 물었다.

"5시쯤 요시코 씨에게 커피를 갖다 달라고 했지."

"그래서는 증명이 안 되는데." 마쓰시마가 말했다. "3시부터 5시까지 두 시간이면 범행은 가능하죠."

"마쓰시마 씨, 당신은 어디 있었죠?" 다카야시키가 물었다.

"뒤뜰에서 산책했죠. 다케나카 씨와 같이."

"맞아요. 같이 있었어요." 다케나카 가즈오가 고개를 끄덕였다.

"우메다 씨, 당신은 어디 있었습니까?"

"나는 요시에와 같이 방에 있었소. 그렇지, 요시에?"

"네, 그래요." 우메다 요시에도 거침없이 대답했다.

"그럼 미네코 씨가 살해된 시간에 알리바이가 없는 사람은 당신뿐이군요." 간나즈키가 사쿠라기 요타로를 가리켰다.

고타니는 한숨을 쉬었다. 이미 수없이 읽은 문장이었다. 하지만 두통만 심해졌다.

탐정이 둘이나 나오는 것도 어이없는데 그래도 이건 어떻게 넘길 수 있다. 역시 가장 심각한 것은, 우메다 요시에의 살해에 관한 알리바이를 조사하는 중에 요시에 본인이 등장한다는 것이다. 게다가 본인이 남편의 알리바이를 증명해준다. 다케나카 가요코가 어느새 다케나카 가즈오라는 남자로 바뀐 것도 두통거리인데, 두 번째 사체를 또 미네코라고 하니 도대체 무슨 소린가.

역시 아무래도 한계인가. 이번 연재가 끝나면 이제 일은 의뢰하지 말아야겠다. 이 『눈의 산장 자산가 딸 밀실 살인사건』도 마지막 숨을 몰아쉬며 간신히 마지막 회로 나아가는 느낌이다. 사실 요즘 원고의 이상한 부분은 줄곧 고타니가 맘대로 고치고 있었다. 지금 읽은 7회 원고는 다시 쓴 분량이 더 많았다. 물론 8회와 9회 원고도 비슷했다.

문제는 오늘 받는 마지막 회다. 도대체 어떻게 되어 있을지 상상만 해도 두렵다.

고타니는 원고지 다발을 가방에 넣었다. 마침 그때 입구 문이 열리고, 야부시마 기요히코가 들어왔다.

5

야부시마는 입구 근처에 서서, 돋보기안경을 걸친 눈으로 가게 안을 둘러봤다. 고타니가 계속 손을 흔드는데도 좀처럼 알아보지 못했다.

보다 못해 이제 데리고 와야겠다 싶어서 고타니가 자리에서 일어나는데, 야부시마가 무표정한 얼굴로 다가왔다.

"일찍 와서 자네가 없는 줄 알았지." 야부시마는 앉으면서 말했다.

"아……?"

40분이나 늦어놓고 저런 말을 지껄이다니, 고타니는 그렇게 생각했으나 입을 다물었다.

웨이트리스가 주문을 받으러 왔다. 야부시마는 일본 차를 주문했다.

"선생님, 원고는요?" 고타니가 조심스럽게 말을 꺼냈다.

"음. 가지고 왔지." 야부시마는 고개를 끄덕이고 자기 주위를 둘러봤다. "어라, 어디 갔지?"

"선생님, 배낭 안에 없나요?"

"배낭? 그런 거 안 갖고 다니는데."

"지금 등에 메고 계십니다만."

"어?" 야부시마는 그제야 자신이 배낭을 메고 있음을 깨달았다. "아, 맞다. 여기에 넣어왔지. 자네, 잘 알아봤네."

"아, 예. 뭐." 늘 있는 일이니까요, 라는 말을 고타니는 삼켰다.

"아, 이거야, 이거." 야부시마는 원고지 다발을 내밀었다. "걸작이야."

"그렇습니까? 한번 보겠습니다." 고타니는 원고를 두 손으로 받았다.

웨이트리스가 일본 차를 가지고 왔다. 야부시마가 그걸 맛있게 들이키는 모습을 곁눈으로 보면서 고타니는 원고를 살펴봤다.

지난 회는 다카야시키 히데마로가 등장인물을 모두 거실에 모아놓고 드디어 미스터리를 풀려는 장면에서 끝났다. 그러니까 당연히 이번에는 그다음이어야 했다.

그러나 고타니는 원고를 읽기 시작하자마자 상황이 완전히 변했음을 깨달았다. 느닷없이 등장인물 모두가 도쿄에 있었다. 그리고 사건 같은 건 없었다는 듯 정답게 담소하고 있었다. 아, 사건 후일담을 먼저 썼구나. 고타니는 그렇게 생각했다. 어떻게 사건이 해결되었는지는 누군가의 회상이라는 형태로 얘기되겠구나. 그게 마지막까지 독자의 주의를 끌어들이는 효과가 있다.

일단 읽어보자고 생각하고, 고타니는 원고지를 넘겼다.

그런데 남은 원고지가 얼마 없는데도 사건 해결 장면이 나올 조짐이 없었다. 등장인물들은 눈의 산장에서 벌어진 참극은 다 잊은 듯 평범한 일상을 보내고 있었다.

도대체 무슨 일인가 생각할 무렵, 갑자기 고타니의 입에서 앗 소리가 나올 정도로 놀라운 문장이 나타났다.

"자, 다들 이제 슬슬 나가볼까요?" 다카야시키가 전원에 말했다.

"그래요."

"나가죠."

다카야시키를 선두로 일행이 출발했다. 오늘은 오랜만에 게이트볼 경기가 있었다. 모두를 인솔하면서 다카야시키는 사쿠라기 요타로를 떠올렸다. 1년 전, 딸을 죽인 후 자살한 친구를, 그는 잊지 않았다. 그와 함께 경기한 일도 몇 번 있었다.

네 몫까지 최선을 다할게.

다카야시키는 하늘에 대고 맹세했다.

(끝)

"아니!" 고타니는 부스럭부스럭 원고지를 다시 셌다. "저기,

선생님. 이게 끝입니까?"

"그러네." 야부시마는 무슨 불만이라도 있냐는 눈으로 고타니를 봤다.

"범인은, 그러니까, 사쿠라기 요타로인가요?"

"맞아. 의외지?" 야부시마는 흔쾌한 얼굴이었다.

"아니, 의외의 문제가 아니라, 아, 그러니까, 미스터리 해명은 어떻게 되나요?"

"미스터리 해명?"

"사건과 관련해 몇 가지 미스터리가 있었잖습니까? 그걸 풀어야 할 것 같은데요."

"그러니까 풀었잖아? 범인은 사쿠라기야."

"그건 알겠습니다. 하지만 범인을 사쿠라기라고 특정할 만한 근거가 필요합니다. 지난달, 다카야시키가 이제 막 추리를 시작하는 장면으로 끝났으니까 그게 이어지는 게 나을 것 같은데요."

"새삼스럽게 무슨 소린가?" 갑자기 야부시마가 성을 냈다. "이번이 마지막 회라는 건, 처음부터 정했잖아? 그걸 새삼스럽게 더 쓰라니, 무슨 소리야?"

"아닙니다. 그게 아닙니다." 고타니는 서둘러 손을 저었다. "이번으로 마지막 회는 맞습니다. 그건 틀림없습니다. 다만 이번 이야기 속에 탐정이 미스터리를 설명하는 장면이 들어갔으면 좋을 것 같아서요."

"간나즈키 고지로에게 미스터리를 풀게 하라고?"

"아니, 간나즈키가 아니라……." 거기까지 말하고 고타니는 일단 입을 다물었다. 그리고 다시 말했다. "네. 간나즈키라도 좋습니다. 일단 탐정이 미스터리를 풀었으면 좋겠습니다."

"풀었잖아? 마치코를 죽인 사람은 사쿠라기야."

"마치코?"

"사쿠라기가 배에서 마치코의 목을 졸라 죽였어."

"저기, 선생님. 잠깐만요. 그건 무슨 소설이죠? 우리 소설이 아닌데요. 사쿠라기가 죽인 사람은 미네코겠죠." 고타니가 엉덩이를 들고 필사적으로 말했다. 주위 손님이 이상하다는 듯 열심히 쳐다봤으나 신경 쓰지 않았다.

"미에코는 내 조카야. 잘 지내고 있지."

"미에코가 아니라 미네코입니다." 고타니는 아까까지 읽던 원고지를 테이블에 놓고 미네코가 등장하는 장면을 펼쳤다. "보세요. 여기 나오는 미네코 씨요."

"미네코……라." 야부시마는 중얼거리더니 한번 크게 고개를 끄덕였다. "이건 아주 뼈아픈 사건이었지. 미네코는 말이야, 약혼자를 모두에게 소개한 후 누군가에게 칼에 찔려 죽었어."

"그렇습니다! 그래요, 바로 그 얘기입니다." 고타니는 가슴을 쓸어내리며 의자에 다시 앉았다.

"게다가 말이야." 야부시마는 이야기를 계속했다. "살해된 상황이 실로 기묘해. 창문도, 문도 안에서 단단히 잠겨 있었지. 게다가 사체는 등에 칼이 찔려 있어서 도저히 자살이라 생각할 수 없었고. 범인은 도대체 어떻게 방을 나갔을까? 어때, 불가사의하지? 이를 밀실이라고 하겠지, 추리소설 세계에서는."

"선생님, 선생님!" 고타니가 다시 엉덩이를 들고 양손을 절레절레 흔들었다. "그건 압니다. 다 읽었으니까요."

"벌써 읽었나?"

"네. 담당이니까요."

"그래? 그거 잘했군. 아, 그건 언제 책이 됐지? 하도 많이 써서 잊었네."

"아뇨. 아직 책이 되진 않았습니다. 아직 연재 중이죠. 그 원고 단계에서 읽었습니다."

"원고 단계?" 야부시마의 눈이 커졌다. "그래? 그 작품을 그렇게 많이 사줬나? 그거 고맙군. 작가로서 과분한 일이야."

고타니는 위가 찌릿찌릿 아프기 시작했다. 도망치고 싶은 심정이었다. 그래도 일단은 마지막 회 원고를 어떻게든 해야 했다.

"그래서 말입니다. 선생님이 말씀하신 밀실 미스터리를 해결하고 싶은데요." 고타니가 조심스럽게 말했다.

"밀실을 해결해? 무슨 소리지?"

"그러니까 뿌린 것들을 거두고 싶다고요. 범인은 어떻게 방에서 나왔나? 밀실 트릭을 해명하고 싶습니다."

"내가 해야 하나?"

"그렇습니다. 아니, 선생님이 그 밀실 트릭을 생각하셨으니까요."

"아니, 그렇지 않네. 밀실을 생각한 사람은 포지. 에드거 앨런 포. 『모르그 가의 살인』이라는 소설에서 말이야. 놀랍게도 범인은."

"압니다." 울고 싶은 걸 참고 고타니가 말했다. "문학 사상 처음으로 밀실을 다룬 소설은 포의 『모르그 가의 살인』이죠. 네, 잘 압니다. 다만 지금 제가 말하는 것은 『모르그 가의 살인』이 아니라 『눈의 산장 자산가 딸 밀실 살인사건』입니다. 여기 나온 밀실 트릭은 선생님이 생각하셨잖아요? 그러니까 선생님이 푸셔야 합니다."

"밀실?" 야부시마가 눈을 부릅떴다. "마치코는 배에서 살해됐어."

고타니는 털썩 의자에 앉았다. 온몸에 힘이 들어가지 않았다.

이건 틀렸다 싶었다. 소설을 더 쓰게 하는 건 무리야.

"알겠습니다. 그럼 마치코 씨가 살해된 이유를 알려주십시오.

그것만 들으면 나머지는 제가 알아서 하겠습니다."

"마치코? 살해된 사람은 미네코지?" 야부시마가 새침한 표정
으로 말했다.

고타니는 그 얼굴을 한때 갈겨주고 싶은 것을 간신히 참았다.

"그렇습니다. 미네코죠. 미네코가 살해된 이유는 뭡니까?"

"그건, 범인의 비밀을 알았기 때문이지. 범인은 하나 더, 다른
사람을 죽였어. 그걸 목격하는 바람에 살해된 거야."

"잠깐만요. 다른 사람이라면……."

"한 사람쯤은 더 죽여야지."

"우메다 요시에 말입니까?"

"아, 그랬나?"

"하지만 우메다 요시코가 미네코의 다음에 살해됐습니다. 미
네코가 요시에의 살인을 목격할 수는 없습니다. 그 반대면 가능
하겠지만."

"반대라고?"

"그러니까 미네코의 살해를 목격해서 우메다 요시에도 살해된
거죠."

"흠, 그랬나?" 야부시마는 감탄한 듯한 표정으로 말했다.

"일단 그래야 앞뒤가 맞는데요."

"그럼 그렇겠지. 그렇게 정하지. 그럼, 다음은 잘 부탁하네."

야부시마가 일어나려고 했다.

"잠깐만요. 우메다 요시에가 살해된 이유는 알겠습니다. 하지만 미네코는 아직 해결되지 않았습니다. 그녀는 왜 살해됐습니까?"

"미네코……라." 야부시마는 생각에 잠겼다. 괴로운 듯 얼굴을 찡그렸다.

이제 안 되겠다고 고타니가 포기하려던 순간, 노작가가 돌연 고개를 들었다.

"그래, 알았네."

"뭡니까?"

"미네코는 마치코가 살해되는 장면을 목격한 거지. 그래서 살해됐어."

6

"아, 정말 힘들었어. 그 사람 원고를 받는 일도 이게 끝이야." 고타니는 쓴웃음을 지으면서 원고지 다발을 내밀었다.

"정말 고생하셨어요." 받은 원고를 휘리릭 넘겨 보며 가네코는 맞장구를 쳤다. 원고용지는 퇴고 흔적으로 새빨갰고 여기저기 완전히 새로 쓰였다.

"밀실 트릭의 해명은커녕 범행 동기조차 잊었더라. 본인에게 물었는데도 도무지 해결되지 않아서 내가 적당히 썼어."

"늘 죄송해요."

"여러모로 생각하다 밀실은 드라이아이스를 이용한 것으로 했어. 드라이아이스를 걸쇠 사이에 놓았다가 그게 녹으면 걸쇠가 떨어져 잠기는 방식이지. 어때, 상당히 참신하지?"

"그러네요."

"살인 동기는 범인의 변태 성욕으로 했어. 딸을 너무 사랑해 다른 사람에게 줄 수 없어 죽여 버린 거지. 이 또한 획기적이지 않아?"

"괜찮네요."

"그럼 한번 보고 문제없으면 인쇄소로 넘겨줘. 나는 또 회의가 있어서." 고타니는 그렇게 말하고 서류 가방을 들고 방을 나왔다.

고타니의 모습이 완전히 사라지자 가네코는 한숨을 쉬었다. 그때 그 모습을 본 옆자리의 요시노 메구미가 말을 걸어왔다. "편집장님, 고생하셨어요."

가네코는 손목시계를 보며 쓴웃음을 지었다. "한 시간이나 노인네 얘기를 들어줬네."

"고타니 씨는 연세가 어떻게 되세요?"

"정년퇴직하고 10년이니까 칠십 세 아닐까? 계약 사원 중에서는 중견이야."

"야부시마 선생님 일을 하는 것도 이게 마지막이라고 하시던데요."

"늘 저래. 그래놓고 결국은 또 일을 의뢰해. 야부시마 씨의 책은 그런대로 팔려서 우리도 거절할 수 없어."

"어머? 팔려요? 그럼 재미는 있나 봐요."

"농담하지 마. 재미는 무슨! 여기 『눈의 산장 자산가 딸 밀실 살인사건』은 말이야, 지난번의 『폭풍우의 낙도 천재 디바 밀실 살인사건』과 하나도 다른 게 없어. 무대와 등장인물 이름만 바뀌었을 뿐이야. 이야기의 흐름도 똑같아."

"어? 그래요? 하지만 밀실 트릭이나 살인 동기는 이번에 고타니 씨가 독자적으로 생각했다고 하셨잖아요?"

요시노 메구미의 말에 가네코는 지긋지긋하다는 얼굴을 지으며 고개를 흔들었다.

"고타니 씨가 야부시마 선생의 원고를 다시 쓴 건 이번으로 세 번째야. 본인은 잊은 모양이지만. 그리고 앞의 두 작품 모두 밀실 트릭은 드라이아이스이고, 동기는 변태 성욕이었어."

"아니, 왜요?"

"아무래도 저 사람도 치매인 것 같아."

"말도 안 돼요. 그런데 그런 걸 책으로 만들어도 되나요?"

"괜찮아. 어차피 독자도 전작 같은 건 다 까먹으니까. 어차피 독자 평균 연령이 76세야."

가네코는 한번 쫙 기지개하고 창밖을 바라봤다. 지금쯤 고타니는 또 '시부사와'라는 가게에서 쉰이 넘은 웨이트리스가 가져다주는 커피를 마시고 있을 게 분명했다.

예고소설 살인사건

예고소설 살인사건 ✎

1
『살인의 제복』 제3회

스기야마 발레단의 사무국장인 나카야마 하루코는 평소보다 30분 일찍 스기나미에 있는 발레단에 출근했다. 사무소는 연습실과 같은 건물 안에 있었다.

'어라?' 그녀는 잠긴 건물을 열려다가 생각했다. 문이 이미 열려 있었기 때문이다. 누가 먼저 왔지? 참 별일이네. 그녀 말고 열쇠를 가지고 있는 사람은 단장인 스기야마 슈스케와 그의 아들이자 발레 연출가이기도 한 스기야마 고이치로뿐이다. 하지만 슈스케는 지금 유럽에 있다. 그렇다면 고이치로가 왔단 소리다. 아침에 약한 그가 이렇게 일찍 연습실에 오다니, 하루코가 알기로는 단 한 번도 없었던 일이다.

그녀는 고이치로에게 인사나 하려고 연습실로 향했다. 그런데 복도를 걷는데 살짝 이상한 느낌이 들었다. 만약 고이치로가 왔다면 주차장에 그의 애마 BMW가 세워져 있었을 것이다. 그런데 조금 전 주차장에는 분명 차가 없었다.

일말의 불안을 안고, 그녀는 연습실 문 앞에 섰다. 그리고 문을 열었다.

넓은 연습실 바닥 가운데, 하얀 무언가가 떨어져 있었다. 나카야마 하루코는 처음에는 누가 의상을 놔두고 갔다고 생각했다. 그것은 《백조의 호수》에서 백조 역할 무용수들이 입는 의상처럼 보였기 때문이다. 그런데 다가가면서 그게 아님을 깨달았다. 그녀는 걸음을 멈췄다. 다리가 떨리기 시작했다.

그건 틀림없는 백조 의상이었다. 다만 의상만이 아니었다. 의상을 입은 여자가 쓰러져 있었다. 그가 프리마돈나 유미카와 히메코라는 사실을 안 순간, 나카야마 하루코는 그 자리에 주저앉았다.

유미카와 히메코의 가슴에는 단검이 박혀 있었다. 소량의 출혈이 하얀 의상을 검게 물들이고 있었다.

몇 초가 흐른 후,

'나카야마 하루코는 비명을 질렀다'라고 치려는데 현관 벨이 울렸다. 구식 워드프로세서 앞에 있던 마쓰이 기요후미는 책상 위의 시계를 봤다. 오후 2시 13분이었다. 그는 벌떡 의자에서 일어나 현관으로 달려갔다. 도어스코프로 보니 엔도의 마르고 허연 얼굴이 보였다. 마쓰이는 자물쇠를 풀고 문을 열었다.

"아이고, 어서 오세요." 마쓰이는 싹싹한 미소를 지었다.

"조금 늦었어. 미안, 미안해." 엔도는 수염 난 얼굴로 한 손을 들어 사과했다.

"아니, 어서 들어오세요. 좁지만." 마쓰이는 엔도를 맞아들였다.

방은 4평 크기의 원룸이다. 가구라고 해봤자 침대와 워드프로세서 책상, 싸구려 유리 테이블이 있을 뿐이다. 서류 종류는 벽 쪽에 그냥 쌓아났다.

마쓰이가 내놓은, 그다지 깨끗하지 않은 방석 위에, 엔도는 책상다리를 하고 앉았다.

"이거는 선물. 고기 장조림이야. 컵라면만 먹으면 기운이 안 날 테니." 엔도는 종이로 싼 꾸러미를 테이블에 놓았다.

"앗, 정말 고맙습니다. 감사드려요. 잘 먹겠습니다." 마쓰이는 고개를 여러 번 숙였다.

"오호, 글 쓰고 있었나 보군. 연재 3회 원고인가?" 엔도는 워드프로세서 화면을 보며 물었다.

"네. 도무지 생각대로 되진 않지만 말입니다."

"아니, 마감까지는 시간이 많으니까 초조할 필요는 없지. 그런데 이번 달『소설 긴초』는 받았나?"

"어제 받았습니다." 마쓰이는 그렇게 말하고 워드프로세서 책상에서 소설잡지 한 권을 들어 엔도 앞에 놓았다.

엔도는 그것을 펄럭펄럭 넘기더니 지난달 마쓰이가 쓴『살인의 제복』제2회를 펼쳤다.

"이제까지의 전개는 그럭저럭 좋아." 엔도가 말했다. "1회에서 갑자기 사체가 등장하는 것도 좋았어. 간호사가 병원에서 목 졸려 죽다니, 영상으로서도 아주 자극적이었지."

"고맙습니다. 2회는 어떠셨나요?"

"응. 2회도 좋았어. 백화점 엘리베이터 걸이 살해되는 장면은 아주 박력 넘쳤네."

"그렇게 말씀해주시니 안심이 됩니다."

마쓰이는 일어나 싱크대 옆에 놓인 커피 메이커 스위치를 눌렀다. 엔도가 오면 바로 내릴 수 있도록 커피 가루와 물은 이미 넣어 두었다.

"그런데 그게 말이야." 엔도가 어렵게 입을 열었다. "뭐랄까, 살인 상황 자체는 자극적인데 이야기 전개가 좀 평범해. 등장인물도 존재감이 좀 부족해. 신문기자인 주인공에 좀 더 개성을 넣으면 좋을 듯한데."

"그런가요……." 마쓰이는 엔도 앞으로 와 다시 앉았다. 무릎을 꿇었다.

"아니, 그렇게 낙담할 필요는 없네. 소설로서 잘 완성됐어. 이야기 전개도 자연스럽고 인물의 행동에도 억지가 없어. 매번 사체가 나오는데 비현실적인 느낌이 들지 않는 것은 탄탄한 글쓰기 방식 덕분이라고 생각하네. 다른 작가의 소설 중에는 이야기의 분위기를 돋우기 위해 등장인물에 이상한 행동을 시키거나 말도 안 되는 상황을 만들기도 하더군. 그에 비하면 자네 작품은 늘 질이 높아."

"고맙습니다." 마쓰이는 다시 고개를 조아렸다.

"그런데 말이야, 장사라는 입장에서는, 어느 쪽이 더 팔리냐 하면, 얘기가 또 달라져. 조금 엉망이라도 전개가 흥미로운 쪽이 더 잘 팔리는 게 현실이야. 독자는, 보라고, 그렇게 사소한 부분까지는 제대로 읽지 않아. 작은 데 매달리지 않으니까."

"알겠습니다."

"임팩트가 필요해." 엔도는 오른손 주먹을 꽉 쥐었다. "화제가 될 만한 것만 있으면 이 소설은 분명히 된다고!"

"관능적인 장면을 넣을까요?" 마쓰이가 떠오른 아이디어를 말했다.

하지만 엔도는 얼굴을 찡그리며 손을 저었다.

"안 돼. 그런 소심한 방법으로는 독자의 마음을 잡을 수 없어. 무엇보다 관능적인 장면을 넣는다고 해서 임팩트가 생길 것 같나? 성인물이 범람하고 인터넷에 수정도 안 된 사진이 넘쳐나는 요즘 세상에 말이야."

"아……, 그럼 어떻게 해야?"

"그걸 생각하는 게 자네 일이지. 반드시 세상 사람들 입에서 앗 소리가 나오게 하고 싶다고. 어쨌든 현실에서 일어나는 사건이 소설보다 훨씬 기발하니까."

엔도는 그렇게 말하고 뭔가 생각난 듯한 표정을 짓고 가져온 가방에서 한 장의 종이를 내밀었다. 신문 스크랩이었다.

"그러고 보니 얼마 전 신문을 정리하다가 재미있는 기사를 봤네. 아주 크게 다뤄지지 않아서 실렸을 때는 몰랐던 것 같아."

"뭔가요?"

"잠깐 보게. 아주 흥미로워."

마쓰이는 스크랩을 받았다. 신문 기사는 작았다. 사회면 구석에나 실렸으리라. 하지만 마쓰이는 그걸 읽고 흠칫 놀랐다. 제목은 『간호사 교살 사체 마쓰도 병원에서』였다.

"재밌지?" 엔도가 싱글거리며 말했다. "자네 소설 제1회에 나오는 상황과 아주 똑같아. 우연의 일치겠으나 이런 일도 있나 싶었네. 신기해."

"정말 신기하네요."

"그러니까 말이야." 엔도는 심각한 표정으로 돌아왔다. "자네는 열심히 머리를 짜내 이런 사건을 그렸겠지만 말이야, 현실에는 자주 있는 일이란 거지. 다시 생각해보는 게 좋을 거야."

"알겠습니다. 연구해보겠습니다." 마쓰이는 살짝 고개를 숙였다.

2

엔도는 커피를 한 잔만 마시고 돌아갔다. 마쓰이는 두 잔째 커피를 마시면서 워드프로세서 앞에 앉았다. 하지만 바로 일에 집중할 수 없었다. 엔도에게 들은 말이 마음에 걸렸다.

임팩트……라…….

그게 그렇게 쉽게 나오면 고생하지 않겠지, 그는 한숨을 쉬었다.

마쓰이 기요후미가 작가로 데뷔한 것은 3년 전이다. 『소설 긴초』가 모집한 신인상에 응모해 가작으로 입선한 게 계기였다. 대학을 졸업한 이래 10년 이상 제대로 된 직업을 갖지 않고 작가를 목표로 달려와 드디어 출발선에 선 것이다.

그 후 소설잡지에 단편을 발표하거나 때로는 장편소설을 써

단행본으로 발간하며 생계를 이어왔다.

그러나 생활은 만만치 않다.

단편 소설을 써서 얻을 수 있는 원고료는 얼마 되지 않았고, 단행본이라고 해도 그와 같은 무명작가는 기껏해야 수천 부가 발행되니 인세도 빤하다. 물론 단행본이 증쇄된 일은 이제까지 한 번도 없다.

그런 그에게 기회를 준 사람이 긴초샤에서 내내 그를 담당한 엔도였다. 엔도는 편집장을 설득해 큰 실적도 없는 마쓰이에게 『소설 긴초』에서의 연재라는 큰일을 주었다. 이제 막 부임한 편집장은 신인을 이용해 뭔가 새로운 일을 하고 싶었던 듯한데 엔도가 얘기할 때까지 마쓰이 기요후미라는 작가는 전혀 염두에 두지 않았을 것이다. 그만큼 마쓰이는 이 일로 엔도의 기대를 저버리고 싶지 않았다. 자신을 추천해준 엔도를 부끄럽게 하고 싶지 않았다. 그리고 무엇보다 이 일을 성공시킴으로써 작가로 유명해지고 싶었다.

『살인의 제복』은 연쇄살인을 다룬 추리소설이다. 범인은 간호사, 백화점 여직원, 발레리나 등 독특한 제복이나 의상을 입는 여성만을 살해한다. 주인공은 처음 살해된 간호사의 연인이자 신문기자이다. 그가 경찰과는 전혀 다른 방향에서 진상에 다가가 마침내 진범과 대결한다는 게 중요한 줄거리다.

마쓰이는 지금까지 쓴 내용을 다시 읽었다. 엔도의 말대로 역시 조금 전개가 평범한 것도 같다. 한마디로 지루하다는 소리다. 그래서 책이 안 팔리나, 하고 재발견한 심정이었다.

현관 벨이 울린 것은 그때였다. 그는 고개를 기울였다. 택배가 올 일도 없고 수금원이 올 예정도 없다.

문을 열자 남자 둘이 있었다. 조금 마른 남자와 조금 뚱뚱한 남자 콤비였다. 둘 다 회색 양복을 입고 있었다.

"아, 저." 뚱뚱한 쪽이 문 옆의 문패를 다시 보며 말했다. "마쓰이 선생님은……."

"접니다."

"아, 예." 뚱뚱한 남자는 마른 남자와 마주 봤다. 그리고 다시 마쓰이에게 시선을 돌렸다. 머리부터 발끝까지 뚫어지게 살펴봤다. "마쓰이 작가님입니까?"

"그렇습니다. 무슨 일이죠?"

"아, 실은 수사에 협조해주셨으면 해서요." 경찰 수첩을 내보였다.

마쓰이는 놀라 눈을 크게 떴다. "무슨 말씀이죠?"

"잠깐 시간 좀 내주실 수 있습니까?" 뚱뚱한 형사는 실내를 가리켰다.

"아아, 들어오세요."

마쓰이는 두 형사를 집으로 들였다. 둘은 옹색하게 나란히 앉았다. 뚱뚱한 쪽이 모토키, 마른 쪽이 시미즈라고 했다.

"우선 여쭙겠습니다. 선생님은 현재 『살인의 제복』이라는 소설을 연재 중이시죠?" 모토키 형사가 물었다.

"네, 그런데요."

"제1회에서 간호사 살해를 그리셨더군요."

"네."

"그와 똑같은 사건이 마쓰도에서 일어난 걸 아십니까?"

"아아." 마쓰이는 입을 열었다. "조금 전 담당자에게 들었습니다. 놀랐습니다."

"실은 말입니다." 말하던 모토키의 시선이 방의 구석으로 향했다. 거기에 놓인 이번 달 『소설 긴초』로 손을 뻗었다. "실은 두 번째 사건이 일어났습니다. 사체가 발견된 것은 오늘 오전 중입니다."

"두 번째라니⋯⋯."

"살해당한 것은 오미야에 있는 만푸쿠 백화점에서 일하는 엘리베이터 걸입니다. 뒷덜미를 송곳 같은 것으로 찔렸습니다. 즉사한 것으로 보입니다."

"예?" 마쓰이는 말문이 막혔다.

"물론 아시겠죠." 모토키 형사는 그렇게 말하고 『소설 긴초』를 들어 올렸다. "어제 발매한 이 소설잡지에 실린, 당신 소설 그대로 사건이 일어났습니다."

3

"흠, 이상한 일이 다 있네." 엔도는 커피를 마시면서 말했다.

"뭐, 우연이겠지만요." 마쓰이는 아이스크림을 입으로 가져갔다.

둘은 긴초샤 옆에 있는 카페에 있었다. 마쓰이는 형사가 왔던 일을 엔도에게 보고하러 왔다.

"그런데 경찰이 사건과 자네 소설의 유사성을 잘도 알아냈네. 『소설 긴초』의 애독자라도 있나?"

"경찰에게 그 사실을 알린 일반 시민의 전화가 있었답니다. 이름은 밝히지 않았지만."

"흠. 그래서 형사는 뭘 물어봤어?"

"대단한 건 아니었어요. 소설을 발표하고 누군가에게 무슨 말을 들은 적 있냐, 뭔가 이상한 일은 없었냐, 일련의 사건에 짚이는 건 없냐?"

"당연히 없지."

"물론 없죠." 마쓰이는 바로 부정했다. "자랑할 것도 아니지만, 데뷔 이래 팬레터 같은 것도 악평 같은 것도 받은 적 없습니다. 제가 어떤 소설을 발표하든 아무도 신경 쓰지 않는 것 같습니다."

"아이고, 뭐." 엔도는 웃으면서 마쓰이를 달랜 후 심각한 표정으로 팔짱을 꼈다.

"하지만 이 상황을 이용할 수 있을지도 모르겠어."

"이용이라니?"

마쓰이가 묻자 "둔하네"라며 엔도가 얼굴을 찡그렸다.

"보라고. 소설대로 사람이 죽었다고. 재밌지 않아?"

"그야 그렇지만."

"범인은 자네 소설을 읽고 다음 희생자를 정하고 있을지도 몰라. 그렇다면 자네 소설은 현실 사건의 예고이기도 하지. 이걸 세상에 어필하면 틀림없이 화제가 될 거야. 마쓰이 기요후미라는 이름이 주목을 받고 책도 팔리겠지."

"그렇게 일이 잘 풀릴까요?"

"그럼! 편집자로서의 내 감을 믿게. 좋아, 아는 신문기자에게 말해 보지. 틀림없이 관심을 가질 거야. 아마 자네를 취재하러 갈 테니 준비하고 있게." 엔도는 점점 흥분하며 말했다.

그런데 그 아는 신문기자는 엔도만큼 흥분하지 않은 모양이다. 며칠이 지나도 마쓰이에게 신문기자로부터 전화 한 통 오지 않았다. 다른 매체가 다루려는 기미도 없다.

"미안해. 지금 내 말을 하나도 들어주지 않아." 엔도가 마쓰이의 집을 찾아와 떨떠름한 표정을 지었다. "들어보니까 조금만 세간의 주목을 받는 사건이 일어나면 자신의 예언대로 됐다고 말하는 자칭 초능력자나 예언자, 점성술사가 꽤 있다네. 아무래도 그런 종류로 보이나 봐."

"저는 작가입니다." 마쓰이가 말했다. "자칭 작가가 아니라 진짜 작가라고요."

"그렇게 말했지. 하지만 전혀 상대해주지 않더군. 이름이나 알리려는 짓으로 생각했어."

뭐, 확실히 이름을 알리려고는 하고 있지. 마쓰이는 그렇게 생각하고 입을 다물었다.

엔도가 툭 내뱉었다. "또 하나, 오지 않을까……."

"네?"

"아니, 그게, 그러니까." 엔도는 아무도 들을 사람이 없음에도 불구하고 입가를 가리고 목소리를 낮춰 말했다. "살인사건이 한 번 더 일어나지 않을까? 게다가 자네 소설대로 말이야."

"에이, 그건 좀……."

"너무 심한가?" 엔도가 씩 웃었다. "하지만 그렇게 되면 사정이 완전히 달라질 텐데."

"네?"

마쓰이는 침묵하고 머리를 긁적였다. 설마 그런 일이 일어날리 없다고 생각했다.

그런데 그로부터 2주일 후—.

우유와 토스트로 간단하게 아침을 먹으면서 신문을 읽던 마쓰이는 사회면을 펼쳤다가 우유를 뿜을 뻔했다.

'프리마돈나 칼에 찔려 살해되다'라는 머리기사가 눈에 들어왔기 때문이다.

'21일 오전 8시쯤, 도쿄도 세타가야구 ×× 가가미 발레단에서 "댄서가 죽었다"라고 출근한 직원이 경찰에 신고했다. 경시청 세이조 경찰서가 조사한 결과 연습실에서 이곳 발레단 소속의 하라구치 유카리 씨(26)가 가슴에 피를 흘린 채 쓰러져 있었다. 하라구치 씨는 무대용 의상을 입고 있었고 가슴에는 등산용칼이 꽂혀 있었다.'

마쓰이는 신문을 내던졌다. 이토록 말도 안 되는 일이 있나 싶었다. 바로 옆에 놓아둔 『소설 긴초』 최신호를 바라봤다. 그것은 그저께 발매되었다.

말도 안 돼. 이번에는 소리 내어 중얼거렸을 때 전화가 울리기 시작했다. 수화기를 들자 엔도의 목소리가 날아왔다. "신문 봤어?"

"봤습니다." 마쓰이가 말했다. "놀랐습니다."

"됐어! 이제 언론도 자네 소설에 주목할 거야. 이제부터 바빠질 걸세."

"그런데 왜 이런 일이 일어나죠? 제 소설대로 사람이 죽어 나가다니, 너무 기분이 나쁩니다."

그러자 전화 너머에서 엔도가 혀를 찼다.

"그런 고민해 봤자 한 푼도 안 생겨. 어쨌든 지금은 이 기회를 어떻게 이용할지 생각해야지. 조금 전, 전에 얘기했던 신문기자에게 바로 연락이 왔더라고. 꼭 자네 얘길 듣고 싶대. 나중에 또 연락할 테니까 준비하고 있게. 알았지?"

"아, 예." 마쓰이가 어영부영 대답하자 엔도는 서둘러 전화를 끊었다.

준비라고 해도 뭘 해야 하나 생각하고 있는데 이번에는 현관 벨이 울렸다.

모토키와 시미즈 형사가 찾아왔다. 둘 다 지난번과는 상태가 조금 달랐다. 눈이 충혈되어 있었다.

"세타가야의 발레단 사건, 아십니까?" 모토키가 반쯤 성난 목소리로 물었다.

"신문으로 읽었습니다."

"그럼, 왜 우리가 왔는지 아시겠죠. 잠깐 얘기 좀 할까요?"

"네. 어서 들어오세요."

두 형사를 방으로 안내했다. 형사들은 앉자마자 나란히 수첩을 꺼냈다.

"우선 묻고 싶은 건, 왜 간호사, 엘리베이터 걸, 발레리나를 죽였냐는 겁니다. 물론 당신 소설 얘기죠." 모토키가 말했다.

"왜냐고 물으셔도 참 곤란합니다. 이번 소설에서는 다양한 제복을 입은 여성을 노리는 범인을 그릴 생각이었습니다. 그래서 간호사나 엘리베이터 걸을 죽이면 재밌겠다고……."

"재미?" 시미즈 형사가 눈을 부릅떴다. "당신, 재밌겠다는 이유만으로 사람을 죽여도 된다고 생각하나? 유족의 슬픔을 도대체 뭐라고……!"

"시미즈 군, 시미즈 군!" 모토키가 시미즈 형사의 무릎을 때렸다. "지금 소설 얘기 중이었는데."

"앗, 제가, 정말 죄송합니다." 시미즈는 머리에 손을 대고 사과했다. 아무래도 상당히 덜렁대는 성격인 듯하다.

모토키가 마쓰이 쪽을 바라봤다.

"연재하는 줄거리는 미리 만듭니까? 그러니까 간호사나 엘리베이터 걸을 피해자로 전부터 정했냐는 질문입니다."

"작가에 따라 다르겠으나 저는 연재가 처음이라 어느 정도 이야기를 정해놓고 쓰기 시작했습니다. 간호사와 엘리베이터 걸, 발레리나가 살해된다는 설정도, 연재 시작 전부터 정해놓았습니다. 거기까지는 예고편에도 조금 언급했습니다."

"다음은 어떻습니까? 어떤 여성이 살해되는지, 이미 정했습니까?"

"그건 앞으로 생각할 생각이었습니다. 이제 슬슬 다음에 연재할 원고를 쓰려던 참이어서."

"흠." 모토키 형사는 팔짱을 꼈다. "실은, 당신을 조금 조사해 봤습니다. 그에 따르면 당신은 작가로 그다지 유명하지 않다고 해야 하나, 고액 납세자 명단에도 없고……."

"그렇게 돌려 말씀하지 않으셔도 됩니다. 제가 안 팔리는 작가라는 건, 제가 제일 잘 압니다."

"아니, 뭐, 그렇다는 건데. 그런 당신의 소설대로 사람이 죽는다는 게 아무래도 풀리지 않는 미스터리입니다. 구체적으로 말하자면 범인의 마음을 통 모르겠습니다. 사람들의 주목을 받고 싶다면 더 유명한 작가의 작품을 모방하는 게 좋을 텐데요."

"저도 그렇게 생각합니다."

"그래서 범인은, 당신 작품에 특별한 감정을 품고 있는 사람이 아닐까 합니다. 일테면 열광적인 팬이라거나. 어떻습니까? 그런 인물이 있나요?"

"전혀 없습니다." 마쓰이는 대답했다. "팬이라고 할 만한 독자가 제게 하나라도 있을지요, 의아할 뿐입니다."

"그거, 참 희한하네요. 범인의 목적을 전혀 모르겠네요."

"맞습니다."

모토키 형사는 팔짱을 풀었다. 그리고 수첩을 접고 다시 마쓰이의 얼굴을 쳐다봤다. 그리고 이런 일은 자주 있어서 드문 일도 아니라는 듯 말했다.

"어쨌든 당신의 알리바이를 묻겠습니다. 아, 우선은 간호사가 살해된 날부터 말씀해주십시오."

형사가 사라진 후에도 마쓰이의 불쾌한 마음은 좀처럼 가라앉지 않았다. 왜 내가 알리바이를 대야 한단 말인가. 내가 죽이기라도 했단 말인가. 너무 어처구니없네.

커피라도 마셔 기분전환이라도 할 셈으로 일어났을 때 다시 벨이 울렸다. 이어서 문을 두드리는 소리와 여자 목소리. "마쓰이 선생님, 계십니까? 마쓰이 선생님, 마쓰이 선생님!" 쿵쿵 쿵쿵.

마쓰이는 서둘러 잠금장치를 풀었다. 문을 열자 번쩍번쩍 플래시가 터졌다.

"으악! 도대체 무슨 일입니까?" 마쓰이는 저절로 얼굴을 가렸다.

"마쓰이 선생님이시죠?" 여자 목소리가 났다.

마쓰이가 눈을 뜨자 바로 앞에 정장을 입은 여성이 마이크를 들고 서 있었다. 그 밖에도 많은 사람이 몰려와 있었다. 그중 몇 명이 카메라를 들고 있었다.

"이번 사건과 관련해 짚이는 게 있으십니까? 선생님의 소설대로 여성이 살해됐는데요."

"아니, 그건 나도 뭐가 뭔지……."

"범인의 목적은 무엇일까요?"

"모릅니다. 아, 저는 그저 놀라울 뿐이라."

옆에서 다른 남성 리포터가 질문했다. "무엇보다 소설 속에서 왜 제복을 입은 여성만을 죽였습니까?"

"앗, 그게, 그건……."

"당신 취향입니까?"

"아니, 그건 아닙니다."

"다음에는 어떤 여성을 죽일 겁니까?" 다른 리포터가 물어왔다.

마쓰이가 우물쭈물하자 차례차례 질문이 쏟아졌다.

"다음은 승무원인가요?"

"여고생입니까?"

"SM* 여왕인가요?"

수많은 목소리가 일제히 날아와, 마쓰이의 머리가 멍해졌다.
이건 분명 꿈일 거야. 그런 생각이 들었다.

4

벌컥 문을 열고 엔도가 들어왔다.

"선생, 마쓰이 대선생! 됐어! 드디어 됐다고! 아하하하하!"

그는 됫병들이 술을 들고 있었다. 그것을 다다미 위에 툭 놓고
본인도 책상다리로 앉았다.

"무슨 말씀입니까?"

"무슨 말씀이라니. 『소설 긴초』가 날개 돋친 듯 팔리고 있어.
게다가 자네가 전에 발표한 단행본도 이미 증쇄에 들어갔다고."

"예? 증쇄?" 마쓰이는 절로 등을 꼿꼿이 폈다. "정말입니까?"

"정말이고 말고. 해냈어! 일단 건배부터 하자고."

"아, 예, 예." 마쓰이는 일어나 싱크대에서 컵을 씻기 시작했
다.

증쇄—얼마나 멋진 울림을 주는 말인가. 이제까지 자신과는

* 사디즘•마조히즘 성향.

인연이 없는 말이었다. 평생 인연이 생길 일은 없을 줄 알았다.

"아, 저." 컵을 씻던 손을 멈추고 마쓰이는 돌아봤다. 중요한 얘기를 듣지 못했다는 걸 깨달았다. "증쇄라면 도대체 얼마나 찍나요?"

"부수?" 엔도가 씩 웃었다. "모두 2만 부 증쇄야."

"2만……."

"이제까지 자네가 낸 책이 세 권이니까 합쳐서 6만 부 증쇄지."

마쓰이는 다리에서 힘이 쭉 빠지는 것만 같았다. 믿을 수 없는 숫자였다.

"어이! 이 정도로 감격해선 곤란해. 아무리 책이 안 팔리는 시대라 해도 10만 부씩 파는 작가도 많아. 우리도 목표를 높이 둬야지."

"하지만 그렇게 팔린 적이 없어서."

"무슨 소리야! 지금부터라고. 뭐, 그 심정은 알지만. 일단 축배를 들자고." 엔도는 됫병의 뚜껑을 땄다.

마쓰이는 씻어온 컵을 내밀었다. 엔도가 양손으로 술을 따랐다. 흘러넘친 술이 마쓰이의 손을 적셨다.

"문제는 다음이야." 한동안 술을 마신 후 엔도가 말했다. "이대로 가면 다음 『소설 긴초』가 주목을 모을 게 분명해. 독자는 앞다퉈 자네 소설을 읽겠지. 무엇보다 다음에 어떤 여성이 살해될지 예측할 수 있으니까."

"범인은 다음에도 소설대로 죽일까요?"

"그야 모르지." 엔도는 목소리를 낮췄다. "우리로서는 범인이 계속 잡히지 않고 자네 소설대로 범행을 저질러주길 바랄 뿐이지." 그리고 흐흐흐 하고 기분 나쁜 웃음소리를 냈다.

엔도가 돌아간 후에도 마쓰이는 한동안 멍했다. 믿을 수 없었다.

TV와 신문 등에서 그의 소설과 연쇄 살인사건의 유사성을 보도한 이래, 세상이 완전히 바뀌었다. 마쓰이 기요후미라는 이름이 느닷없이 높은 인지도를 가지게 된 것이다. 당연히 저작도 주목을 받기 시작했다. 어제쯤부터 조금 진정되긴 했으나 요 며칠은 매일 취재에 쫓겼다. 실은 이미 두 번이나 TV에도 출연했다.

이런 일도 있구나. 그렇게 생각하며 마쓰이는 신문을 잡아당겼다. 하지만 지나치게 생각할 필요는 없으리라. 엔도가 말했듯이 기회를 살리는 것만 생각해야 할지도 모른다.

마쓰이는 워드프로세서 앞에 앉아 전원을 켰다. 조금 취하긴 했으나 슬슬 다음 연재 원고를 써야 했다. 이번에는 어떤 제복의 여성이 살해되도록 해야 하나, 그것이 압도적으로 중요해졌다. 무엇보다 내가 쓰는 글이 현실이 된다. 엔도는 반드시 화려한 복장의 여성으로 하라고 했다. 그쪽이 더 화제가 될 거라고. 교토의 마이코* 정도가 좋겠어. 엔도는 혀가 꼬인 채 그렇게 말했다.

첫 번째 키를 누르려는데 전화가 울렸다. 또 취재인가 하며 그는 수화기를 들었다. 하지만 들려온 목소리는 전혀 다른 분위기였다.

"마쓰이 기요후미 씨죠?" 남자 목소리였다. 마쓰이가 아는 상대는 아닌 듯했다.

"그런데요." 그가 대답했다.

"나, 범인인데요." 그렇게 말하고 남자는 킥킥대고 웃었다.

"범인?"

"제복 여성 연쇄살인의 범인. 당신 소설대로 범행을 저지르는 범인 말이야."

"설마…… 농담은 그만둬."

"정말 내가 죽였어. 나 때문에 당신도 유명해져서 좋지?"

"장난 전화에 어울릴 시간은 없어."

"장난 아닌데. 내가 처음 경찰에 전화해 사건과 소설의 유사성을 알려줬다고."

마쓰이는 입을 다물었다. 남자가 한 말은 보도된 적 없는 것이었다.

---

* 정식 게이샤가 되기 전의 견습 게이샤를 이르는 말.

남자는 다시 낮게 웃었다. "아무래도 이제 믿는 것 같네."

"왜, 왜 그런 짓을……, 자, 자수해."

"내가 자수하면 당신의 좋은 꿈도 끝나. 세상 사람들은 금방 싫증을 내고 잊겠지. 다시 무명작가로 돌아가고 싶어?"

본심을 들켜 마쓰이는 할 말을 잃었다. 그러자 남자는 다시 악의에 찬 웃음소리를 냈다.

"다른 게 아니라 당신과 거래할 게 있어서 전화했어."

"거래?"

"내 요구는 이거야. 다음 소설에서 치어리더를 죽여줘. 살해 방법은 교살. 자기 방에서 치어리더 의상을 입은 상태로 살해되지."

"잠깐만! 왜 내가 당신이 시키는 대로 해야 하지?"

"끝까지 내 말을 들어. 당신이 그렇게 쓰면 이번에도 나는 그대로 치어리더를 죽일 거야. 그럼 또 세상은 시끄러워지겠지. 당신 소설과 이름도 주목받을 게 분명해. 어때? 나쁜 얘기는 아니잖아? 이제까지는 내가 당신 소설대로 죽일 상대를 골랐어. 그러니까 이번에는 내가 죽이는 대로 당신이 소설을 쓰라고."

"웃기지 마. 그럴 수는 없어!"

"어? 그래? 그럼 다음 사건은 당신 소설과는 전혀 관계가 없어질 거야. 그럼 이전 사건은 단순한 우연에 불과해지지. 그럼 어떻게 될까? 지금까지 몰려들던 TV 관계자 녀석들도 갑자기 당신에게 흥미를 잃지 않을까?"

마쓰이는 반론이 생각나지 않았다. 아마도 남자의 말이 옳을 것이다.

"아, 천천히 생각해. 일단 현실 세계에서 다음에 죽는 여자는 치어리더야. 그걸 잊지 마." 그런 말을 남기고 남자는 전화를 끊었다.

5

『소설 긴초』 발매일은 매달 20일이다. 『살인의 제복 제4회』가 실리는 이 잡지가 발매된 날 아침, 몇몇 서점 앞에 긴 줄이 생겼다. 이런 일은 인기 아이돌이 화보집을 낼 때 정도뿐이다. 각 서점의 점원들조차 예상치 못한 일이라 당황했다.

『소설 긴초』를 산 사람들이 제일 먼저 펼친 곳은 물론 『살인의 제복』이 실린 페이지였다. 이번에는 어떤 여성이 살해될까, 그게 그들의 가장 큰 관심사였다.

그리고 그것은 치어리더였다. 맨션의 자기 방에서 제복을 입은 채 목 졸려 살해되었다는 것이 이번에 그려진 상황이었다. 그것을 알고 많은 여성이 안도했다. 일단 이번 달에는 자신이 당할 일은 없으리라 생각했다. 물론 일부 여성들은 몸을 떨었다. 말할 것도 없이 치어리더였다.

"여러 대학과 고등학교에서 민원이 왔어. 응원단 소속 여학생이 무서워 탈퇴한다면서. 물론 무시했지. 범인이 우리 소설을 모방하는 건 우리 책임이 아니니까. 어쨌든 반응이 대단해. 다들 소설잡지가 이렇게 팔린 건, 수십 년 만이래." 전화로 말하는 엔도의 목소리가 잔뜩 흥분해있었다. 그는 마지막으로 덧붙였다. "다음은 언제 실제 사건이 일어나느냐는 거지. 듣기로는 경찰이 대학과 고교 응원단에 감시를 붙였다더라. 범인이 그 감시망을 뚫을지, 그게 문제야." 엔도는 대놓고 범인을 응원하고 있었다.

그 엔도의 바람이 이루어진 것은『소설 긴초』가 발매되고 나흘 뒤였다. 스기나미구에 있는 맨션의 어떤 방에서 여대생이 죽은 것이다. 소설에 그려진 상황과 완벽하게 똑같이, 치어리더 의상을 입은 채 침대에서 교살됐다.

지난달과 마찬가지로 같은 일이 되풀이되었다. 즉 형사가 마쓰이를 찾아와 끈질기게 사정 청취를 했고 다음으로 언론 관계자가 달려왔다. 다만 그 수가 두 배로 늘었다.

마쓰이 기요후미의 이름은 완전히 메이저가 되었고 책도 계속 팔려나갔다. 단행본이 각각 10만 부를 돌파했다. 원고료도 뛰었고 일도 쇄도했다. TV 출연 의뢰도 이어졌다.

그런 상황에서 그 남자가 다시 전화를 걸어왔다.

"내 말대로 한 게 정답이었지? 지금 당신은 누가 뭐래도 최고의 작가야. 축하해." 빈정거리며 남자가 말했다. "자, 바로 다음 표적을 제시하겠어."

"이제 그만하면 어때?" 마쓰이가 말했다.

"이봐! 혼자만 단맛을 보고 끝내자고? 그거 너무 제멋대로 아냐?"

"당신도 위험해. 언젠가 체포될 거야."

"그래서 체포되지 않으려고 이렇게 거래하고 있잖아. 미안하지만 아직도 벌을 줘야 하는 여자가 많아. 좀 생겼다고 잘난 척하며 다른 사람에게 상처를 주면서 아무 생각 없는 멍청한 여자들을 말이야."

남자의 얘기를 듣고, 마쓰이는 감이 왔다. 아! 그렇구나! 아무래도 이 남자는 피해자들에게 차인 모양이다. 게다가 아주 비참한 방법으로. 하지만 보통 그런 상대를 죽이면, 경찰은 피해자들의 공통점—같은 남자를 찼다는 점—을 알아차릴 우려가 있다. 그래서 소설 줄거리대로 범행을 저지르는 정신이상자의 짓으로 보이게 함으로써 자신에게 혐의가 오는 것을 막으려는 것이다. 아마도 마쓰이의 소설 예고편을 읽고 착안한 게 분명하다.

남자가 말했다. "다음은 회사의 안내 데스크 여직원이야. 행방불명된 뒤 산속에서 사체로 발견되지. 물론 복장은 안내 데스크 여직원 유니폼이고. 이번에도 교살로 하지. 목에 에르메스 스카프를 두르면 어떨까?"

"각 방면에서 압력이 들어오기 시작했어. 소설을 한동안 쉬라거나, 적어도 살인 장면을 넣지 말라거나, 많은 얘기를 듣고 있다고. 다음에도 자유롭게 쓸 수 있을지는 나도 몰라."

"어라? 당신들이 늘 말하는 언론의 자유는 어디 갔지?"

"그래도……."

"일단 내 말대로 쓰라고. 쓰지 않으면 나와 당신이 한패라는 걸 세상에 폭로할 테니까. 그럼 이만." 남자는 일방적으로 전화를 끊었다.

수화기를 든 채 마쓰이는 어쩔 줄 몰랐다.

소설을 쓰지 말라는 압력이 각 방면에서 오고 있는 건 사실이었다. 현재 긴초샤는 자숙하자는 방침을 내고 있지는 않다. 하지만 언제 그렇게 될지 모를 일이다. 또 다양한 업계에서 자신들과 관련된 직업여성을 소설 속에서 죽이지 말아 달라고 긴초샤에 탄원서를 보내고 있다. 항공사와 모델 사무소 같은 곳에서 말이다.

그러나 마쓰이는 남자의 지시를 거스를 수 없었다. 남자와의 거래가 드러나면 애써 얻은 지위만이 아니라 작가 생명 자체가 끝날 것이다.

사흘 후, 다시 형사들이 찾아왔다.

"다음 소설 줄거리는 정하셨습니까?" 모토키 형사가 물었다.

"아뇨, 아직. 지금부터 생각하려고 합니다."

"그럼 이러면 어떨까요? 혹시 우리 바람을 들어주실 수 있겠습니까?"

"연재를 쉬라거나 살인 장면을 넣지 말라는 요구라면 받아들일 수 없습니다."

마쓰이의 말에 형사는 떨떠름한 표정을 지었다.

"당신도 본인 소설대로 사람이 죽으니 좋은 기분은 아닐 겁니다. 이번만이라도 좋습니다. 부디 살인 장면을 쓰지 말아주십시오."

"당신 말은 언론 통제일 뿐입니다. 도저히 받아들일 수 없습니다."

"정말 안 됩니까?"

"거절하겠습니다."

"어쩔 수 없군요." 모토키가 한숨을 쉬었다. "그럼 다음에는 어떤 여성이 살해되는지만 알려주십시오. 그것만 알면 미리 방어하기 쉬우니까요."

형사의 질문에 마쓰이는 당황했다. 사실대로 말하면 범인의 범행이 어려워진다. 잘못하면 체포될 수도 있다.

"……스튜어디스입니다." 생각 끝에 그가 대답했다.

"그렇군요. 대표적인 제복이죠." 형사들은 이해한 표정으로 돌아갔다.

다음 달 20일, 예정대로 『소설 긴초』가 발매되었다. 물론 『살인의 제복』 제5회에서 살해된 것은 스튜어디스가 아니었다. 일류기업의 안내 데스크 여직원이 산속에서 사체로 발견되었다는 내용이었다.

그리고 소설대로 『소설 긴초』가 발매된 닷새 후, 지지부의 산속에서 모 상사에 근무하던 안내 데스크 여직원이 사체로 발견되었다. 사체는 에르메스 스카프로 목이 졸려 있었다. 흉기 또한 소설대로였다.

6

"정말 여론이 험악해졌어. 그래서 회사로서도 이런 결정을 내릴 수밖에 없었지. 뜻하지 않은 일이라 나도 유감이야. 하지만 포기해주게." 엔도가 얼굴을 찡그리며 말했다.

드디어 올 것이 오고 말았다는 느낌이었다. 당분간 소설 속에 살인 장면을 쓰지 말아 달라고 긴초샤 측이 얘기한 것이다.

"권력에 굴하자는 겁니까?" 마쓰이가 말했다.

"어디까지나 자숙이야. 뭐, 자네 인지도는 충분히 올랐고 단행본도 팔렸어. 『소설 긴초』도 엄청난 이윤을 얻었어. 이제 슬슬 손을 뗄 때 아닌가?"

"『살인의 제복』을 완결하려면 살인이 더 일어나야 해요."

"그걸 어떻게든 해결하는 게 프로의 수완이야. 경찰도 다음 원고가 나오는 대로 보여달라고 했네. 그 사람들을 너무 무시하는 것도 좋은 방법은 아니야. 자네도 지난달, 살해되는 건 스튜어디스라고 하지 않았나? 그래서 경찰은 스튜어디스 대부분을 감시하는 태세를 취했다고 해. 그런데 막상 책이 나왔는데 접수대 직원으로 바뀌어 있었어. 완전히 헛물켜게 했다고 한참 쓴소리를 들었어."

"갑자기 마음이 바뀌었어요. 그래서 스튜어디스에서 안내 데스크 직원으로 바꿨죠."

"그건 좋아. 어쨌든 이번에는 살인 장면은 빼. 알겠지?" 그렇게 말하고 엔도는 돌아갔다.

마쓰이는 고민에 빠졌다. 범인이 받아들여줄 것 같지 않기 때문이다.

그리고 그날 밤, 범인에게 전화가 왔다. 이번에는 버스 가이드를 죽이라는 지시였다.

"높은 낭떠러지에서 떨어뜨려 살해돼. 머리가 깨져 피가 뿜어져 나온다든가, 어쨌든 잔혹한 묘사를 넣어." 범인은 명백히 즐기고 있었다.

마쓰이는 수화기를 들고 신음했다. 지시를 무시하면 범인은 진상을 폭로할 것이다. 그렇다고 살인 장면을 쓸 수도 없었다.

한 가지 생각이 떠올랐다. 그는 물었다. "실제로 어디서 살해할 생각이야?"

"그런 걸 물어서 어쩌려고?"

"소설에 쓰는 장소는 거기와는 전혀 다른 곳으로 하려고. 경찰들이 원고를 보면 20일 전부터 잠복할 거야. 나도 당신이 잡히지 않길 바라니까."

"그렇군. 알았어. 알려주지. 내가 버스 가이드를 죽이는 곳은……." 범인은 그 장소를 말했다. 후쿠이현의 경치 좋기로 유명한 곳이었다.

이날 밤부터 마쓰이는 소설을 쓰기 시작했다. 거기에 살인 장면은 나오지 않았다.

7

『소설 긴초』 발매를 그다음 날로 앞둔 19일, 마쓰이는 후쿠이 현에 와 있었다. 물론 이곳에 온 사실은 아무도 몰랐다. 그리고 밤이 되길 기다려 문제의 낭떠러지로 갔다.

날카로운 암벽이 바다를 향해 튀어나와 있었다. 수십 미터 아래에서 파도 부서지는 소리가 났다. 조금만 걸어도 다리가 마비되었다.

조금 있다가 사람 그림자가 나타났다. 젊은 여자였다. 버스 가이드 복장을 하고 있었다. 역시 생각했던 대로네. 마쓰이는 고개를 끄덕였다. 범인은 경찰을 따돌리고 『소설 긴초』 발매 전날에 살인을 저지르고 있는 것이었다.

버스 가이드는 마쓰이를 보고 조금 의외라는 표정을 지었다.

"나는 불러낸 사람이 당신인가요?"

아무래도 범인이 불러내 이곳에 온 듯하다.

"여기 있으면 안 됩니다." 마쓰이가 말했다. "어서 숙소로 돌아가세요."

"아, 하지만……."

"돌아가요. 목숨이 아깝다면."

마쓰이의 강한 말투에 압도된 듯 버스 가이드는 서둘러 자리를 떴다. 그것을 지켜보며 마쓰이는 안도했다. 일단 첫 번째 관문은 통과했다.

다음은 범인이 오길 기다리는 것뿐이다. 그리고 범인이 오면······.

마쓰이는 조심스레 낭떠러지 아래를 내려다봤다. 범인이 나타나면 어떻게 해서든 여기서 떨어뜨려야 한다. 그래, 자살로 보이게 하는 것이다.

그는 이번에 자신이 쓴 소설 내용을 반추했다. 실은 이번이 『살인의 제복』 마지막 회였다. 그 안에서 범인은 절벽에서 몸을 날려 자살했다.

오늘 여기서 범인을 잘만 떨어뜨리면 경찰은 틀림없이 이렇게 생각할 것이다. 범인은 소설대로 범행을 저질러왔다. 그런데 마지막 회에서 범인이 자살해버리자 그것을 모방해 스스로 죽었다고.

마쓰이는 바다를 향해 씩 웃었다. 정말 내 머리는 좋다니까. 희열에 빠졌다.

그때였다. 바로 뒤에서 기척이 났다.

"잘도 배신했네."

낯익은 그 목소리를 들었을 때 목소리의 주인공이 마쓰이의 등을 밀었다.

"정말 놀랐어. 설마 그가 범인일 줄은 꿈에도 생각하지 못했어. 하지만 잘 생각해보면 가능한 일이야. 일단 그는 자신의 지명도를 올리려고 애쓰고 있었으니까." 편집부 책상에 엉덩이를 올리고 엔도가 후배들에게 말했다.

"자기 책대로 사건이 일어나면 이름이 알려진다고 생각한 겁니까?" 여성 편집자가 물었다.

"아, 그런 셈이지. 그 생각을 하면 조금 책임감이 느껴져. 어떻게든 화제가 되어야 한다고 너무 몰아붙인 게 아닐까."

"하지만 자살까지 소설 안에 예고하다니."

"그러게나 말이야. 그 마지막 원고를 받았을 때는, 설마 그게 그의 유서가 될 줄 상상도 하지 못했어."

장편소설 살인사건

장편소설 살인사건

1

『모래의 초점』 최종부

"이상이 제 추리입니다."

와가는 낮은 목소리로 추리를 끝냈다. 그리고 다시 사부리 부인을 바라봤다.

부인은 눈을 내리깐 채 움직이지 않았다. 침묵이 둘을 감쌌다.

한참 뒤 그녀가 입을 열었다.

"잘 알아내셨네요. 역시 당신이었어요."

"역시 저……라니?"

"진상을 알아낼 사람은 와가 씨밖에 없다고 생각했어요. 내 직감은 늘 옳았으니까."

"사부리 씨." 와가가 한 걸음 다가왔다. "자수하세요."

"미안해요. 그럴 순 없어요." 그렇게 말하며 그녀는 천천히 뒷걸음질 쳤다. 절벽 끝까지 얼마 남지 않았다.

"사부리 씨……, 에이코 씨!"

와가의 목소리를 들으며 사부리 에이코는 조용히 미소 지었다.

"처음으로…… 이름을 불러줬네요."

와가는 한 걸음 더 내디디려 했다. 그러나 이미 늦었다. 사부리 에이코는 입가에 미소를 남긴 채 몸을 공중으로 휙 내던졌다.

"에이코 씨!"

와가는 절규했다. 방금까지 그녀가 서 있던 곳으로 달려갔다. 곧장 절벽 아래를 보려 했으나 몸이 움직이지 않았다. 그래도 주저하며 내려다봤다.

수십 미터 아래 바위에, 사부리 에이코는 양손을 펼친 채 쓰러져 있었다. 피 웅덩이가 생겼다.

붉은 꽃잎처럼 보였다.

(끝)

구즈하라 만타로는 컴퓨터 화면을 보면서 몇 번이나 고개를 끄덕였다. 잘 썼네. 본인이 생각해도 그랬다. 3년 만에 발표하는 신작 소설인데 잘 마무리된 데 만족했다.

이 원고는 어제 편집부에 전자 메일로 보냈다. 담당인 오기도 이미 읽었을 것이다.

담배에 불을 붙이려는데 전화가 울렸다.

"네, 구즈하라입니다."

"아, 구즈하라 선생님. 긴초샤의 오기입니다. 『모래의 초점』 원고, 고맙습니다."

"아, 무사히 도착했군. 읽었나?"

"네, 읽었습니다. 변함없이 훌륭한 전개, 감탄했습니다. 실은 어제부터 오늘까지 이틀 동안 읽으려 했는데 너무 재미있어서 그만 밤을 새워 읽고 말았습니다."

"아니, 그랬나? 그거 다행이군."

오기는 말을 아주 잘하는 남자였다. 어차피 예의상 하는 말이라 생각했으나 칭찬받아 기분 나쁠 건 없었다. 구즈하라는 컴퓨터 앞에서 잔뜩 우쭐해졌다.

"특히 마지막 장면은 감격했습니다. 아, 정말 절절한 얘기였습니다."

오기의 칭찬은 계속되었다. 구즈하라는 겸손한 태도를 유지하면서 맞장구를 쳤다.

"그럼, 이제 교정쇄만 기다리면 되겠군. 앞으로의 일정은 어떻게 되나?" 한껏 흐뭇한 상태에서 구즈하라가 물었다.

그런데 여기서 살짝 분위기가 바뀌었다.

"아, 그게, 실은 그게 말입니다." 오기의 목소리 톤이 낮아졌다.

"뭔가? 무슨 문제라도 있나?"

"아니, 문제라고 할 건 없습니다. 『모래의 초점』의 내용은 편집장도 아주 마음에 들어 했습니다. 다만, 그 매수가, 그래서 제안을……."

"매수?"

"네. 실은 저희가 원고 매수를 세어봤는데 『모래의 초점』은 4백 자 원고지로 8백 장이더군요."

"응. 그럴 거야."

"그게 말이죠, 그러니까 어떻게 좀 할 수 없을까요. 편집부가 그렇게 얘기하는데요."

"어떻게……? 줄이라고? 그야 8백 장은 많은지도 모르지. 하지만 이 이야기는 아무래도 그 정도 분량이 필요한데."

"아뇨, 아닙니다." 오기는 구즈하라의 말을 가로막았다. "그게 아닙니다. 많다는 게 아닙니다. 반대입니다. 좀 더 늘릴 수 없을까 하고 말씀드리는 겁니다."

"늘려? 왜?"

"선생님. 저희는 반드시 이 『모래의 초점』을 올해 화제작으로 만들고 싶습니다. 그리고 이 작품을 계기로 구즈하라 선생님이 더 도약하시길 바랍니다."

오기의 말투가 묘하게 뜨거워졌다. 그게 무슨 말인지 구즈하라는 잘 알고 있었다. 데뷔 후 약 10년 동안, 주로 긴초샤와 일해 왔다. 긴초샤는 여러모로 그를 지원해줬다. 언젠가 잘 팔리는 작가가 되리라 생각했기 때문일 것이다. 그런데 그 예상이 지금껏 빗나가고 있다. 구즈하라는 잘 나가지 못했다. 책을 내도 증쇄되면 잘된 편이고 대부분은 초판으로 끝나는 상황이 이어졌다. 구즈하라 자신은, 오랜만에 쓴 장편소설『모래의 초점』도 같은 결과로 끝나리라 어느 정도 각오하고 있었다.

그런데 그것과 작품 분량이 무슨 상관일까? 그걸 묻자 오기는 강력하게 주장했다. "매수는 아주 중요합니다."

"선생님은 최근 화제작의 경향을 아십니까? 모두 도시락통처럼 두껍습니다. 원고용지 천 매가 수두룩합니다. 그 가운데 8백 장은 눈에 띄지도 않죠. 초대작이라는 느낌이 없습니다. 이렇게 많은 미스터리가 출판되는 상황에서 어떤 방법을 써도 눈에 띄지 않아요. 평론가들도 출판되는 책을 다 읽지는 않으니까 더 주력한 듯 보이는 책을 선호합니다. 그러니까 두꺼운 책을 고르는 게 당연하죠."

오기의 말은 구즈하라도 느끼고 있는 것이었다. 신인상의 규정 매수가 늘어난 것도 알고 있다.

"그렇다고 해도 안 되는 일은 안 되는 일이지. 『모래의 초점』은 그 장면으로 끝나니까. 더 이야기를 계속할 수 없다고."

"아뇨. 이야기를 계속해달라는 게 아닙니다. 매수를 늘리자고 제안하는 거죠."

"무슨 소린지 잘 모르겠군. 구체적으로 어떻게 해야 하나?"

"구체적으로 말입니다." 오기는 목소리를 더 낮췄다. "내용은 이대로 좋습니다. 바꿀 건 하나도 없죠. 다만 현재 두 줄로 그리고 있는 것을 세 줄로, 세 줄로 표현한 것을 네 줄로, 이런 식으로 조금씩 늘리면 됩니다. 티끌 모아 태산이라고 그렇게 하면 전체적으로 상당히 매수가 늘어날 겁니다."

요컨대 골고루 손을 보란 소리 같다.

"그럼 너무 늘어지지 않을까?"

"괜찮습니다. 요즘 독자들은 장황한 소설에 익숙합니다. 조금 늘어지게 표현해도 참을성 있게 읽죠. 그보다 독자는 단가와 분량을 신경 씁니다. 어차피 2천 엔을 내고 책을 살 거라면 긴 작품이 이득이라고 생각합니다."

"흠. 그런가?" 오기의 말을 듣고 있자니 구즈하라도 점점 그런 듯했다. "그래서, 도대체 얼마나 늘리라는 건가? 천 장대로 올리면 되나?"

"그건 아니죠." 오기가 놀란 목소리로 말했다. "요즘 천 장 갖고는 대(大)장편이라고 하지도 않습니다. 선생님, 저희는 2천 장을 목표로 하죠. 구즈하라 만타로, 혼신의 2천 장. 이걸 캐치프레이즈로 하죠."

2
『모래의 초점』 최종부(재탈고 후)

"이상이 제 추리입니다."

와가는 낮게 울리는 목소리로 긴 추리를 마쳤다. 이토록 길게 떠든 것은 학창 시절의 토론대회 이후 처음이었다. 그러나 지금의 그는 그때보다 더 피곤했다. 육체가 피로한 게 아니다. 마음이 피로에 지친 것이다.

그는 다시 사부리 부인을 바라봤다.

비단 기모노를 입은 부인은 눈을 내리깐 채 움직이지 않았다. 와가에게는 긴 속눈썹이 살짝 빛나는 것처럼 보였다. 무거운 침묵이 두 사람을 감쌌다. 바람 소리와 바다의 파도 소리가 그의 마음을 계속 흔들었다. 그는 이대로 세상이 끝났으면 좋겠다고 생각했다.

얼마나 시간이 지났을까. 아마 그리 긴 시간은 아니었을 것이다. 그러나 와가에게는 아주 길게 느껴졌다. 한참 후 부인은 립스틱을 옅게 칠한 우아한 입술을 열었다.

"거기까지 제 살인 계획을 멋지게 잘 알아내셨네요. 역시 당신은 운명의 사람이었어요."

"운명의 사람? 제가? 무슨 소리죠? 알려주십시오."

"사건의 진상을 알아낸다면, 와가 씨밖에 없으리라 생각했어요. 처음 만났을 때부터 그런 느낌이 들었죠. 아아, 이 사람은 틀림없이 내게 운명의 사람이겠구나. 제 직감이 맞았어요."

"사부리 씨." 와가는 한 걸음 다가갔다. "지금도 절대 늦지 않았습니다. 다시 인생을 시작해요. 부디…… 부디 자수하세요."

"와가 씨, 고마워요. 당신은 이런 순간에도 나를 생각해주는 군요. 하지만 미안해요, 그럴 순 없어요. 나는 자수할 수 없어요. 용서해줘요."

그렇게 말하고 그녀는 천천히 뒷걸음질 쳤다. 절벽 끝까지는 얼마 남지 않았다. 그 밑에서는 거친 바다가, 먹잇감을 기다리는 짐승처럼 입을 벌리고 기다리고 있을 터였다. 그녀가 그 짐승의 먹이가 될 게 분명했다.

"기다려요. 바보 같은 짓을 해선 안 됩니다. 당신이 왜 그래야 합니까? 그만 해요. 사부리 씨……, 에이코 씨!"

바람을 찢을 듯 와가의 필사적인 목소리가 울렸다. 그 소리를 듣고 사부리 에이코는 레오나르도 다빈치가 그린 모나리자처럼 조용히 미소 지었다.

"기쁘네요. 처음으로…… 처음으로 내 이름을 불러줬네요. 나는 줄곧 기다렸어요. 이제 여한은 하나도 없어요."

와가는 한 걸음 더 내디디려 했다. 그러나 유감스럽게도 이미 늦었다. 사부리 에이코는 모나리자의 미소를 입가에 남긴 채 우주 비행사가 우주 비행에 도전하듯, 혹은 번지점프라도 하듯 몸을 공중으로 휙 내던졌다.

"에이코 씨!"

와가는 절규했다. 목이 찢어질 듯 소리쳤다. 하지만 그의 절규도 허무하게 바람이 삼켜버렸다. 사부리 에이코의 모습은 이미 없었다. 그는 불과 몇 초 전까지 그녀가 서 있던 곳으로 달려갔다.

그녀가 어떻게 되었나 확인하려고 절벽 아래를 보려 했다. 그런데 몸이 움직이질 않았다. 그녀가 어떻게 됐을지 볼 것도 없었다. 이런 데서 몸을 날렸으니 살았을 리 없다. 아래에 있는 그녀가 어떻게 됐는지 확인하는 게 두려워 그는 움직일 수 없었던 것이었다. 그러나 한없이 현실에서 도망칠 수는 없었다. 언젠가는 봐야만 했다. 그는 결심하고 조심스레 내려다봤다.

수십 미터 아래 바위에, 사부리 에이코는 양팔을 펼치고 쓰러져 있었다. 위에서 보니 한자의 큰 대(大) 자로 보였다. 와가는 교토의 큰 대 자 불놀이*를 본 적 있다. 그걸 떠올리게 하는 모습이었다. 다만 그 글자는 피 칠갑을 하고 있다. 그녀는 대량 출혈을 일으킨 듯하다. 저래선 살 수 없지, 아마도 즉사였으리라.

피범벅이 된 그녀의 모습은, 붉은 꽃잎처럼 보였다.

(끝)

카페에서 『모래의 초점』을 다 읽은 구즈하라는, 책을 덮고 살짝 식은 커피를 마셨다.

그다지 좋은 기분은 아니었다. 우울했다고 해야 하리라.

그는 옅은 파란색 표지를 봤다. 검은 띠가 둘러 있고 거기에는 오기가 말한 '구즈하라 만타로 혼신의 2천 장 대작!'이라는 글자가 있었다.

분명, 이 소설은 원고지로 약 2천 장 분량이다. 정확히는 1,883장이다. 오기는 어떻게든 더 늘려달라고 했으나 더 늘리는 건 무리였다. 원래 작품이 8백 장이었으니까 무려 천 장을 부풀린 셈이다. 개인적으로 정말 용케 여기까지 왔다고 생각했다.

구즈하라는 완성된 책을 다시 읽고 상반되는 두 가지 감상을

---

* 산에 큰 대 자 모양의 불을 놓는 행사.

품었다.

하나는 상당히 잘 완성되었다는, 생각이다.

지금까지는 그는, 자신은 대장편소설은 쓰지 못하리라 생각했다. 그것은 능력의 문제가 아니라 재능의 종류에 관한 문제였다. 자신이 떠올리는 아이디어와 플롯은 대체로 수백 장 정도면 완성되는 작품이라, 천 장이나 2천 장짜리 작품은 도저히 쓸 수 없다고 생각한 것이다. 그래서 이런 작품을 척척 발표하는 작가들은 원래 생각하는 작품의 규모가 커서 싫어도 그런 매수가 되는 거라고 믿어왔다.

그게 아닐지도 모르겠네. 그게 지금 구즈하라의 심정이었다. 물론 그중에는 실제로 그만한 매수를 필요로 하는 작품도 있으리라. 그러나 더 짧게 끝낼 수 있는 것을 일부러 길게 쓴 작품도 적지 않으리라. 오기의 말이 맞았다. 한 줄로 쓸 수 있는 것을 두 줄로 쓰면 전체적인 매수는 두 배가 된다. 두꺼운 책이 더 대작 같은 느낌이 들어 독자의 눈을 쉽게 끈다면 의도적으로 매수를 늘리는 작가도 나오는 게 당연하다.

그러나 자신의 책을 다시 읽은 구즈하라의 다른 감상은 역시 원고를 부풀리는 일은 안 되겠다는 것이었다.

주인공 와가가 범인인 사부리 에이코를 쫓는 마지막 장면만 해도, 원고지로 두 장 반이나 늘렸다. 내용은 거의 바뀌지 않았는데 매수만 두 배 이상이 된 것이다. 그런데 결과물을 읽어보니, 역시 늘어지는 인상이 있다. 꾸역꾸역 의미도 없는 묘사와 대사를 넣어서 리듬감이 나빴다. 무엇보다 '미소'를 표현하는 데 레오나르도 다빈치를 끌어내서 어쩔 셈인가, 그런 일침을 자신에게 날리게 된다.

게다가 이렇게 분량을 부풀려 매출이 늘었다면 좋지만, 현실은……

거기까지 생각했을 때, 오기가 눈앞에 나타났다.

"아이고, 선생님. 늦어서 죄송합니다. 아니, 『모래의 초점』인가요? 자신의 역작을 보면서 감개에 젖어계셨나요?"

"농담하지 말게. 이런 일은 하지 말걸, 후회 중이었네."

"아니, 왜요?" 의외라는 듯 오기는 안경 안의 눈을 동그랗게 떴다.

"아니, 이거, 아무리 읽어도 늘어지는군. 매수가 늘어난 대신 내용이 산만해진 느낌이야."

"무슨 말씀입니까? 독자에게는 내용의 치밀함 같은 건 상관없습니다. 일단 매수죠. 문자가 적힌 페이지가 잔뜩 있으면 그만입니다."

"그렇지만 이 책, 전혀 안 팔리잖나? 천 장이나 더 썼는데."

"그건 오해입니다." 오기는 아주 강하게 말했다. "만약 더 쓰지 않았다면 더 팔리지 않았다는 게 제 의견입니다."

"그런가?"

"좋습니다." 오기가 자리에서 일어났다. "그렇게 의심스러우시다면 증거를 보여드리죠. 같이 가실까요?"

오기에게 끌려 구즈하라가 간 곳은 도내에서도 손에 꼽히는 대형 서점이었다. 여기서 판매고 10위 안에 들어가면 십만 부 돌파는 거뜬하다고 한다.

"여기를 보세요." 그렇게 말하고 오기가 가리킨 것은 신간 코너였다. 최근 나온 양장본이 쭉 진열되어 있었다. 구즈하라의 책도 눈에 띄는 곳은 아니나 그래도 그곳에 있었다.

"이게 왜?"

"잘 보세요. 띠지, 말입니다."

이야기를 듣고 구즈하라는 각 책의 띠지를 봤다. 그리고 앗소리를 흘리고 말았다. "어떠십니까? 아시겠죠? 출판계가 어떤지." 오기는 의기양양하게 코를 부풀리고 있었다.

구즈하라는 고개를 끄덕일 수밖에 없었다. 거기에 진열된 책들의 띠지 문구는 다음과 같았다.

'인간의 어두운 일면을 파헤치는 초대작 가타무라 히카루 성난 파도 같은 2,300장'

'경이적인 패닉 서스펜스 탄생! 미치바 슈이치 신간 1,500장'

'모험 소설의 금자탑 완성 2,500장 데후네 도시로'

'이야말로 본격! 이야말로 미스터리! 경천동지의 대 트릭! 다카오시키 히데마로 2,800장'

이 밖에도 많았다. 다들 경쟁이라도 하듯 많은 매수를 자랑하고 있다. 게다가 모두 천 장 이상이었다. 2천 장이 넘는 것도 적지 않았다.

"이게 무슨 일이지." 구즈하라는 신음했다. "5백 장, 6백 장 작품은 이제 쓰지 않나?"

"아뇨. 전혀 없진 않습니다. 이쪽을 보세요." 오기는 안쪽 책장으로 갔다. 주로 미스터리가 진열된 책장이었다. "이 근처가 그런 작품들입니다."

가리킨 곳을 구즈하라가 봤다. 확실히 조금 전의 대장편소설 그룹보다 훨씬 얇은 책들이 쭉 꽂혀 있었다. 아니, 얇다고는 해도 예전이라면 일반적이었을 것이다.

"눈에 띄지 않는 곳에 놓았네."

"그렇습니다. 서점에서는 팔리지 않는 책을 눈에 띄는 곳에 둬 봤자 의미가 없으니까요. 그보다 구즈하라 선생님, 이걸 보세요." 오기는 그렇게 말하고 책장 구석을 가리켰다. 거기에는 플레이트가 꽂혀 있었다. 저자별로 책을 분류할 때의 플레이트였다. 그런데 거기에는 저자 이름이 적혀 있지 않았다. 대신 적혀 있는 것은 '~500', '500~750', '750~1000'이라는 숫자였다.

"이거 혹시……."

"그렇습니다. 매수로 분류한 겁니다. 그리고 천 장 미만의 책은, 일테면 신간이라도 앞쪽에 진열되진 않습니다."

"아니……."

"이제 아셨겠죠. 구즈하라 씨의 『모래의 초점』도, 만약 처음 보내주셨던 분량이었다면 지금보다 더 팔리지 않았을 겁니다."

3

구즈하라는 오기와 함께 조금 전 카페로 돌아왔다. 원래 오늘은 여기서 다음 작품에 관한 회의를 하기로 되어 있었다.

"아이고, 참. 대장편이 유행이라고만 생각했지 설마 이 정도일 줄은 몰랐네."

"최근에는 책이 팔리지 않으니까요. 어느 작가나 조금이라도 눈에 띄려고 필사적입니다. 게다가 최고의 대작이라는 이미지를 내세우는 편이 문학상 후보 같은 데도 쉽게 남는 경향이 있는 것 같습니다."

"흠. 그런가." 구즈하라는 여전히 마음에 와닿지 않은 상태로 담배를 꺼냈다. "좋은 작품을 계속 쓰면 언젠가는 팔릴 줄 알았는데."

"선생님, 그건 너무 안일한 생각이세요." 오기는 단호하게 말했다. "그 작품이 좋은지 나쁜지는 읽지 않으면 모릅니다. 그리고 독자에게 읽히려면 일단 대장편이어야 합니다. 두꺼운 책이어야 합니다."

"그런가? 뭐, 아까 서점을 보니, 아무래도 그런 상태인 것 같군." 구즈하라는 천천히 담배를 피웠다.

"그렇게 느긋하게 있으시면 곤란합니다. 구즈하라 선생님, 다음 작전을 세우죠. 신간 하나 낸 것만으로 안심해선 안 됩니다. 바로 다음 작품에 들어가지 않으면 다음 해 간행에 맞출 수 없습니다."

"그거 너무 급한 거 아닌가. 아직 막 새해가 시작됐을 뿐인데." 구즈하라는 쓴웃음을 지었다.

"무슨 말씀이십니까?" 오기는 테이블을 두드렸다. "다음에 쓸 작품을 고려하면, 지금 당장 시작해도 늦습니다."

"다음에 쓸 작품이라니, 아직 정하지도 않았는데?"

"내용은 정하지 않았습니다. 하지만 매수는 정했습니다."

"아니?"

"서점에 진열된 책을 보셨죠? 지금은 2천 장이 넘어도 눈에 띄

지 않습니다. 이번에 저는 선생님에게 천 장을 더 써달라고 부탁
했습니다. 그건 좀 심했다고 반성했습니다. 다음에는 더 위를 목
표로 하죠. 3천 장. 그게 최소 목표입니다."

오기의 말을 듣고 구즈하라는 의자에서 미끄러져 떨어질 뻔했
다.

"3천 장이라니. 아무리 그래도 그건 무리야."

"왜 무리죠? 들어보세요. 젊은 작가인 니가쓰토 하야토 씨는
총 5천 장 넘는 작품에 착수했다는 얘기가 있습니다. 완성하면
본격 추리소설로는 세계에서 가장 길다고 합니다. 또 여성 작가
인 나쓰노 기리코 씨도 총 8천 장의 4부작을 집필 중이랍니다.
세상에는 그런 사람도 있는데 달랑 3천 장에 벌벌 떠시면 어떻
게 합니까?"

5천이니, 6천이니 하는 소리를 들은 구즈하라는 넋을 놓고 말
았다. 얼마 전까지는 그것의 10분의 1 정도라도 충분히 장편소
설로 통했다.

정말 다들 잘 써대는구나, 순수하게 감탄하고 마는 구즈하라
였다.

"그렇게 말해도 3천 장짜리 이야기를 생각해내는 일은 힘들
어."

"그걸 어떻게든 하는 게 프로 아닙니까?"

그렇다면 나는 프로가 아닐지도 모르겠다고 구즈하라는 생각했다.

"그럼 다음 작품에 대해 처음부터 다시 생각해야겠군. 사실 나는 다음에는 이런 주제로 갈까 생각하고 오늘 그 이야길 하려 했는데."

"아! 그러셨어요? 그럼 들려주세요."

"아니, 그건 의미가 없을 것 같네. 아무리 생각해도 그 주제로는 3천 장짜리 대장편은 안 될 거야. 5백 장이 딱 적당하지."

"그야 모르죠. 일단 말씀해보세요." 오기는 자신의 수첩을 꺼내 메모할 태세를 취했다.

구즈하라는 잠시 망설였으나 이야기해보기로 했다. 긴초샤에서는 쓰지 못할 수도 있겠으나 오기가 다른 데 이야기를 흘릴 것 같지는 않았다.

"자네가 그렇게 말하니 어쩔 수 없지. 다음 작품에서는 야구를 다뤄볼까 했어."

"아하, 야구요. 베이스볼이요? 괜찮은데요?"

"프로야구가 아니라 고교 야구야. 무명 약소 팀이 한 천재적인 투수와 그의 친구 포수의 활약으로 고시엔까지 나가는 게 도입부야. 그 팀은 끝내 강호를 만나 아깝게 패배하지만, 고시엔에서 돌아오자마자 포수가 누군가에게 살해돼. 수사에 나선 형사는 사건을 조사하다가 천재 투수의 의외의 비밀을 알아내지. 그런데 이번에는 투수도 살해돼. 뭐, 이런 얘기야."

"재미있을 것 같은데요. 그거 잘 될 것 같습니다. 그걸로 가죠." 얼마나 깊이 생각했는지는 모르겠으나 오기는 들뜬 목소리로 말했다.

"그렇게 말해주니 고맙네. 하지만 이 이야기는 아무리 생각해도 긴 이야기는 되지 못해. 등장인물도 적고 사건이 일어나는 범위도 좁아. 5백 장이 한계야."

그런데 오기는 크게 고개를 저었다.

"그렇게 단정해선 안 됩니다. 5백 장이라고 생각하시니까 여기서 마감되는 겁니다. 3천 장. 처음부터 3천 장을 쓸 생각으로 시작하세요. 『모래의 초점』도 나중에 천 장이나 늘어났잖아요."

"또 부풀리라는 소린가, 좀 봐주게. 『모래의 초점』은 8백 장에서 나중에 천 장이나 늘어나 내용이 두 배쯤 산만해졌어. 그런데 원래 5백 장이었던 것을 3천 장으로 하면 여섯 배가 산만해진다고. 그런 소설을 독자들이 좋아할까? 무엇보다 이야기의 템포가 너무 늘어질 거야."

"그건 걱정할 필요 없으세요. 게다가 부풀린다고 말씀하시는데 그게 꼭 나쁜 것만은 아니지 않나요? 묘사가 농밀해진다는 표현도 가능하지 않을까요?"

"농밀해진다고……?"

장황해진다는 편이 적절하지 않을까. 구즈하라는 그렇게 생각했다.

"그리고 요즘 대장편소설에는 한 가지 공통점이 있습니다. 그건 정보 소설로 읽을 수 있다는 점입니다. 다양한 업계의 내막 등을 치밀하게 묘사하죠. 그 정보 부분만으로도 상당한 장수를 채울 수 있습니다."

그건 세상 돌아가는 일에 관심 없는 구즈하라도 느끼고 있었다.

"그럴지도 모르나 이번 작품에 그런 부분을 넣는 건 어렵네. 특수한 업계가 나오는 것도 아니고."

"업계 내막이라는 것은 예를 들어 한 얘깁니다. 고교 야구 세계를 다룬다고 해도 정보 소설로서의 요소는 있을 겁니다."

"그럴까?" 구즈하라가 머리를 갸웃했다.

"일단" 오기가 말했다. "조금 써보세요. 그걸 보고 다시 이야기하죠."

"아, 알겠네."

3천 장은 절대 무리라고 생각하면서도 구즈하라는 일단 수긍했다.

4
『커브 볼』

무타 다카시는 고시엔 중심에 있었다.

그날의 고시엔은 쾌청했다. 하늘은 푸른 페인트를 칠해 놓은 듯했다. 한여름의 햇살이 적갈색 땅에, 그리고 푸른 잔디에 쏟아졌다.

마운드 위에 선 다카시에게 햇살은 보이지 않는 적이었다. 피부가 지글지글 타들어 가는 느낌이었다. 게다가 지면에서 올라오는 반사열이 그를 괴롭혔다. 온몸에서 땀이 뿜어져 나왔다. 체력에는 자신 있던 다카시도 상당히 기운이 빠졌다. 머리가 어질어질해 간신히 서 있었다.

관람석의 관중도 그에게는 적이었다. 그들 대다수는 현지의 난요고교를 응원하고 있다. 그들에게는 지방에서 올라온 무명 고교의 에이스 따위는 한시라도 빨리 두들겨 무너뜨려야 할 존재에 불과했다.

그리고 다카시의 최대 적은 타자석이었다.

9회 말, 2사 만루였다. 카운트는 2-3.

다카시는 운명의 공을 던졌다.

"어?" 거기까지 읽은 오기가 고개를 들었다. "벌써 던져요?"

"응? 무슨 뜻인가?" 구즈하라가 물었다.

그는 긴초샤의 편집부에 와 있었다. 신작 『커브 볼』이 백 장쯤 완성되어 원고를 오기에게 보여주러 온 것이다.

"아니, 이 공 하나가 소설의 최대 열쇠잖아요? 그걸 이렇게 빨리 보여주면 안 되죠. 아직 원고지 한 장인데 더 끌어야죠."

"그렇게 말해도 말이야." 구즈하라는 머리를 긁적였다. "이것도 나로서는 정말 많이 쓴 거라네. 더 끌라고 해도 더 쓸 게 하나도 없어."

"선생님. 그래선 안 됩니다." 속이 타는 듯한 표정으로 오기가 말했다. "지금까지의 패턴이나 리듬은 잊어주세요. 전에도 말씀드렸죠. 요즘 소설은 정보 소설의 요소가 필수라고. 실례지만, 지금 읽은 바로는 제 의견은 무시하신 것 같네요."

"아니야. 무시할 마음은 없네. 하지만 여기까지 내용에 어떤 정보를 넣으란 말인가? 넣을 게 아무것도 없어."

그러자 오기는 손가락으로 양쪽 눈을 누르며 천천히 고개를 저었다.

"알겠습니다. 그럼 넣을 만한 내용은 제가 준비하죠. 선생님은 그걸 어떻게든 소설에 녹여주세요. 그래서 주인공이 운명의 공을 던질 때까지 최소 원고지로 백 장은 써주세요."

"뭐!" 구즈하라는 몸을 젖혔다. "한 장을 백 장으로 만들란 말인가?"

"무슨 말씀이십니까! 백 장 정도에 그렇게 놀라지 말아주십시오. 앞으로 2천9백 장이 남았습니다." 기합을 넣듯 오기가 말했다.

다음 날, 오기에게서 소포가 도착했다. 열어보니 자료였다. 그가 얘기했던 소설에 넣어야 할 정보인 듯하다.

구즈하라는 그걸 읽고 놀라지 않을 수 없었다. 바로 편집부에 전화했다.

"이보게, 아무리 그래도 이건 너무 심하지 않나?"

"뭐가 심한가요? 다른 작가들이 하는 것과 비슷합니다. 일단 매수를 늘리면 무조건 된다니까요."

"그래?"

"그렇습니다. 선생님. 저를 믿고 써주세요. 쓰고, 쓰고, 또 쓰십시오." 눈앞에 있다면 침이라도 튈 듯한 말투였다.

구즈하라는 컴퓨터 앞에 앉아 다시 자료를 바라봤다. 이래도 되나 생각하면서도 그는 키보드를 두드리기 시작했다.

『커브 볼』(재탈고 후)

오사카의 한신 우메다역에서 특급을 타고 약 20분쯤 가면 고시엔이라는 곳이 있다. 고시엔이라는 이름의 야구장이 있는 역이다. 고시엔 야구장까지는 걸어서 2, 3분쯤 걸릴까.

야구장이란, 그 이름 그대로 야구를 하는 곳이다.

야구란 미국에서 발달한 스포츠로, 베이스 볼이 원래 호칭이다.

1894년부터 야구라는 번역 용어로 사용되기 시작했다. 투수, 포수, 일루수, 이루수, 삼루수, 유격수, 좌익수, 중견수, 우익수까지 9명이 한 팀을 이룬다. 경기는 두 팀이 서로 공수 위치에서 점수를 다툰다. 공격팀은 차례로 상대 투수가 던지는 공을 쳐서, 일루, 이루, 삼루로 나갔다가 최종적으로 홈으로 돌아오면 점수를 얻는다. 각 팀은 9회씩 공격할 수 있다. 마지막에 득점이 많은 쪽이 승리한다.

이 스포츠는 일본에서 인기가 많아 프로팀이 12개나 된다. 각 팀은 홈구장을 갖고 있다. 그리고 한신 타이거즈라는 팀의 홈구장이 바로 고시엔이다.

그렇다고 고시엔이 한신 타이거즈를 위해 지어진 건 아니다.

원래 목적은 여기서 아사히신문사가 주최하는 전국 중등학교 우승 야구대회를 개최하는 것이었다. 1915년 8월에 열린 첫 대회는 도요나카야구장, 나루오그라운드 등 여러 장소에서 열렸는데 야구 열기가 뜨거워짐에 따라 큰 구장이 필요해져 고시엔 구장을 짓게 된 것이다. 원래는 고시엔 대운동장이라는 명칭이었다. 완성한 것은 1924년이며, 한신 타이거스의 전신인 오사카야구구락부, 통칭 오사카 타이거스가 탄생한 것은 1935년이다.

여러 차례 보수 공사가 이루어졌는데 현재의 고시엔 구장은 총면적 3만9천6백 제곱미터이다. 운동장 부분이 1만4천7백 제곱미터이고 관중석이 2만4천9백 제곱미터이다. 홈플레이트에서 외야 담장까지의 거리는 레프트와 라이트는 96미터, 센터는 120미터이다. 수용인원은 5만5천 명. 관중석 높이는 15미터로, 내야석은 48단, 알프스석*은 54단, 외야석은 49단이다.

1956년에 조명 설비도 갖췄다. 조명등은 여섯 기로, 내야용은 높이 25미터, 외야는 높이 35미터나 된다. 조명은 모두 1천5백 와트 백열등 52개, 1천 와트의 수은등 472개, 4백 와트의 나트륨등 180개이다. 이에 의해 배터리 사이의 조도는 약 2천5백 룩스, 내야는 2천2백 룩스, 외야는 1천4백 룩스를 유지한다.

---

*양 팀 응원단이 위치하는 좌석을 이른다. 고교 야구 대회 기간 중 이 좌석에 앉아 있는 사람들이 알프스 산맥처럼 보인다고 해서 붙은 별명이다.

그리하여 원래 계획대로, 전국 중등학교 우승 야구대회는 고시엔의 완성과 함께 이곳에서 열렸다. 또 1924년 4월에는 아사히신문사의 주최로 나고야의 야고토야구장에서 제1회 전국 선발 중등학교 야구대회도 열렸는데 이 대회도 이후 고시엔에서 개최된다. 두 대회 모두 매년 야구팬들의 즐거움이 되었는데 전쟁으로 중단되기도 했다. 그러나 1947년에 전국 선발 중등학교 우승 야구대회가, 같은 해 여름에는 전국 중등학교 야구대회가 부활했다. 그리고 1948년에는 학제 개혁으로 전국 중등학교 우승 야구대회는 전국 고등학교 야구선수권대회로, 전국 선발 중등학교 야구대회는 선발 고등학교 야구대회로 명칭이 변경되었다.

무타 다카시는 그 고시엔의 중심에 있었다.

이날, 고시엔 구장에서 이뤄지고 있는 것은, 전국 고등학교 야구선수권대회였다. 대회 4일째였다. 각 지역의 대표들이 연일 열전을 벌이고 있다. 대표는 49개 팀이다. 지역의 수는 47개인데 도쿄와 홋카이도는 두 팀씩 나와 모두 49개 팀이 되는 것이다. 토너먼트 방식이라 우선 34개 팀이 1회전에서 싸워 절반인 17개 팀으로 줄어든다. 이 17개 팀과 1회전 부전승 팀 15개 팀을 포함한 32개 팀이 되어 2회전을 치르는 것이다. 이들 조합은 모두 추첨으로 정해진다.

대회 4일째는 아직 1회전이었다. 고시엔은 쾌청했다. 하늘은 푸른 페인트를 칠해 놓은 듯했다. 한여름의 햇살이 적갈색 땅에, 그리고 푸른 잔디에 쏟아졌다. 참고로 고시엔에 푸른 잔디가 깔린 것은 1928년이다.

마운드 위에 선 다카시에게 햇살은 보이지 않은 적이었다.

이런 식으로 구즈하라는 소설을 써나갔다. 고시엔과 고교 야구를 설명하느라 원고지를 다섯 장이나 허비했다. 하지만 이게 끝이 아니었다. 그는 또 오기가 보내준 자료의 도움을 받아 고시엔의 마운드가 얼마나 뜨거운지, 그 더위에 진 유명 선수가 얼마나 많았는지 묘사했다. 나아가 핀치에 몰린 투수의 심리를 묘사하고 투구 기술에 관한 온갖 정보도 선보였다. 일단 쓸 수 있는 것은 다 썼다.

그리고 오기의 지시대로 무타 다카시 투수가 운명의 공을 던질 때까지 원고지 백 장의 문장을 늘어놓았다.

5

"축하드려요. 해내셨군요. 계산했더니 원고지로 3,053장이었습니다. 멋지게 목표를 달성하셨어요." 전화를 건 오기의 목소리는 활기찼다.

구즈하라는 소설 『커브 볼』의 원고를 수백 장씩 나눠 오기에게 보냈고 어젯밤 드디어 마지막 원고를 전자메일로 보냈다.

3,053장—정신이 아득해질 정도의 숫자였다. 그러나 실제로 그만큼을 쓴 것이다. 하지만 뿌듯함은 거의 없었다. 5백 장짜리 소설을 완성했을 때와 다르지 않았다. 다만 이상할 정도로 몸만 피곤했을 뿐이다.

"정말 이래도 되는 건가?" 구즈하라는 여전히 불안했다.

"무슨 말씀이십니까? 멋진 작품 아닙니까? 세계에서 가장 긴 야구 미스터리, 이걸 캐치프레이즈로 할 생각입니다. 화제가 될 겁니다."

확실히 두드러지긴 하겠다고 구즈하라는 생각했다.

"다만, 조금 안 좋은 소문을 들었습니다." 오기가 목소리를 낮췄다.

"뭔가?"

"선생님. 아부라쓰보 도시히코 선생을 아십니까?"

"아부라쓰보? 아아, 알지. 스포츠 미스터리에서 잘 나가는 젊은 작가지."

"네. 그쪽도 야구 미스터리를 집필 중이고 곧 탈고한다더군요."

"흠."

구즈하라는 그리 놀라지 않았다. 같은 소재의 작품이 비슷한 시기에 나오는 일은 종종 있었다. 구즈하라 자신도 여러 번 경험한 일이다.

"그게 왜? 상관할 바 아니지 않나?"

"아니, 실은 말입니다. 얼핏 들었는데 그 작품도 삼천 장 내외라 하더군요. 게다가 거기 편집부도 세계에서 가장 긴 야구 미스터리라는 광고 문구를 준비하고 있답니다."

"음." 이번에는 구즈하라도 신음할 수밖에 없었다. "그거 큰일 아닌가?"

"큰일이죠. 까딱하면 선생님과 아부라쓰보 씨 책이 나란히 똑같은 띠지를 달고 서점에 진열되게 생겼어요. 그럼 독자들은 당황하겠죠. 무엇이 가장 긴지 말입니다."

"그렇군. 아니, 혹시 더 쓰라는 말은 아니겠지?"

"사실은 그렇게 부탁드리고 싶습니다. 하지만 그럴 상황이 아닙니다. 우물쭈물하고 있다가는 저쪽이 먼저 책을 내고 말아요. 그럼 우리가 매수가 많더라도 임팩트가 없어지지요. 이번 원고대로 출간하는 수밖에 없습니다."

더 쓰지 않아도 된다는 걸 알고 구즈하라는 휴 하고 안도의 숨을 내쉬었다.

"다만," 오기가 말했다. "이건 반드시 허락해주십시오. 줄 바꾸기를 좀 늘리고 싶습니다. 그것만으로도 장수가 상당히 늘어납니다."

"흠. 그야 어느 정도는 괜찮지만…… 얼마나 늘릴 건가?"

"기본적으로 마침표가 있으면 전부 줄을 바꿀 겁니다. 쉼표일 때도 가끔 바꾸고요."

오기의 말에 구즈하라는 간담이 서늘해졌다.

"그랬다가는 페이지가 온통 텅텅 빌 텐데."

"괜찮습니다. 그게 읽기 쉬워서 독자들도 불평하지 않습니다."

그런가? 구즈하라는 수화기를 든 채 생각에 잠겼다.

"하지만 그것만으로는 아직 불안합니다. 그보다 아부라쓰보 씨 쪽도 그 정도는 할 가능성이 있죠. 다음은 책 만들기로 승부를 봐야겠죠."

"어쩔 셈인가?"

"아! 이렇게 된 이상 우리가 대장편이라는 점을 어필해야 합니다. 무엇보다 시각에 호소하는 게 가장 효과적일 겁니다."

"시각?"

"그러니까 책 두께입니다. 과감하게 아주 두껍게 책을 만들 겁니다. 아부라쓰보 씨에게 절대 질 수 없죠."

"그런데 구체적으로 어떻게 할 건가? 원고지 매수에는 변함이 없는데."

"우선은 책을 엮는 방식이죠. 3천 장 정도의 대장편은 2단 조판이 상식인데 저희는 그 상식을 뒤엎는 겁니다. 1단 조판으로 갑니다. 게다가 활자도 크고 자간과 행간을 최대한 벌려 시원하게 조판하는 거죠. 이걸로도 상당히 페이지가 변합니다. 여기에 열 페이지에 하나씩 삽화를 넣을 겁니다. 지금, 화가가 그림을 그리고 있습니다."

오기는 열에 들뜬 듯 떠들어댔다. 하지만 구즈하라는 도무지 어떤 책이 될지 짐작이 가질 않았다.

"독자도 큰일이네. 그 정도 책이 되면 상하권을 같이 들고 다니는 건 무리겠어."

구즈하라가 말하자 오기는 전화 너머에서 잠시 침묵했다. 무슨 일인가 생각하는데 "이것도 상의드리고 싶은데"라며 그가 말했다. "상하권으로 나누는 게 아무래도 좀 그렇습니다."

"상하권으로 안 나누겠다고? 그럼 상중하 세 권으로 나누나?"

"아뇨, 그게 아닙니다. 아예 나누지 않는 겁니다. 그냥 한 권으로 낼까 합니다."

"한 권? 3천 장짜리 작품을 한 권으로?" 구즈하라는 자기도 모르게 목소리를 높이고 말았다. "그럼 자네, 도대체 어떤 책으로 만들겠다는 건가?"

"지금 계획을 쭉 계산해 본 결과, 페이지로 2천 몇백, 두께로
는 15센티미터 정도의 책이 될 겁니다. 여기에 표지와 뒤표지가
붙으면 굉장한 책이 되겠죠. 하하하. 다들 놀랄 겁니다."

"15센티미터라고?" 구즈하라는 자신의 손을 펼쳐보았다. "그
렇게 두꺼우면 한 손으로 들지도 못해."

"괜찮습니다. 요즘 시대에 그 정도 하지 않으면 곤란합니다.
어정쩡해선 안 됩니다. 할 때는 끝까지 해야죠. 저는 이 건과 관
련해 편집장으로부터 모든 책임을 일임받았습니다. 선생님도 제
게 맡겨주세요. 반드시 베스트셀러로 만들겠어요."

이렇게까지 자신만만하게 얘기하니 구즈하라는 뭐라 할 말이
없어졌다. 잘 부탁한다고 하고 전화를 끊는 수밖에 없었다.

6

장편소설을 탈고한 후에는 한동안 아무 일도 하지 않는 게 구
즈하라의 이제까지 패턴이었는데 이번은 그럴 수 없었다. 모 출
판사로부터 신인상 심사위원이 되어달라는 부탁을 급히 받았기
때문이다. 갑자기 심사위원 중 하나가 그만뒀기 때문이다. 지금

까지 그는 그런 심사에 참여한 적이 없었다. 그만큼의 실적도 없었기 때문인데 언젠가는 자신도 심사해보고 싶다고 바라고는 있었다. 그래서 대타라고는 해도 이 의뢰에 그는 뛸 듯이 기뻐 그 자리에서 수락했다.

그런데 며칠 뒤 도착한 후보 작품을 보고 깜짝 놀랐다. 모두 다섯 편이었는데 죄다 원고지로 이천 장이 훨씬 넘어 보이는 작품이었다.

"우와! 이러면 도망치는 심사위원이 나오는 것도 당연하겠어."

방대한 원고를 앞에 놓고 구즈하라는 안절부절못했다. 세상이 왠지 미쳐버린 듯했다.

그래도 내버려 둘 수는 없는 노릇이라 읽기 시작했다. 하지만 역시 억지스러운 묘사의 행진이었다. 정보도 너무 많아 줄거리와 완전히 따로 놀았다. 그저 이야기를 복잡하게 만들려고 등장시킨 캐릭터도 몇 있었다. 이와 비슷한 분위기의 작품을 최근에 읽은 걸 떠올렸다. 말할 것도 없이 『커브 볼』이었다.

두통이 나 잠깐 쉬는데 전화가 울렸다. 받아 보니 오기였다.

"아부라쓰보 씨 작품에 관한 정보를 입수했습니다. 예상대로 정말 악랄한 짓을 기획했더군요." 오기가 가증스럽다는 듯 말했다.

"무슨 짓을 했는데?"

"한 권에 1단 조판은 우리와 같습니다. 다만 삽화 수가 달랐습니다. 그쪽은 다섯 페이지에 하나씩 들어갔어요. 너무하지 않나요? 그럼 그림책이죠."

우리도 대충 비슷하지 않냐는 말을 구즈하라는 간신히 삼켰다.

"하지만 안심하십시오. 우리도 비밀 작전이 있으니까요. 사실은 종이를 바꿨죠."

"종이? 바꿨……다니?"

"물론 두꺼운 종이로 바꿨죠. 이러면 전체적으로 2, 3센티미터 두꺼워질 겁니다. 주지쓰서점 녀석들 깜짝 놀랄 겁니다."

추지쓰서점은 아부라쓰보 도시히코의 책을 내는 출판사다.

"하지만 녀석들도 두꺼운 종이로 바꾸지 않을까?"

"걱정하지 마십시오. 지금은 시간이 안 맞습니다. 우리가 이겼죠." 소리 높여 웃고 오기는 전화를 끊었다.

그러나 사흘 뒤, 다시 오기가 전화했다.

"녀석들, 정말 비겁합니다. 두꺼운 종이 사용에 한발 뒤진 걸 깨닫고 표지와 뒤표지를 두껍게 한답니다. 둘 합쳐 두께가 1센티미터나 된답니다."

그럼 한쪽 표지만 5밀리미터란 말인가.

"하지만 안심하세요. 우리도 지지 않을 겁니다. 커버를 두껍게 해야죠. 판지 제작사에 특별 주문했습니다. 이걸로 또 몇 밀리미터 두꺼워질 겁니다."

이런 전화가 며칠에 한 번씩 걸려왔다. 구즈하라는 자신의 책이 도대체 어떻게 완성될지 전혀 예상할 수 없었다.

그리고 드디어 『커브 볼』이 서점에 진열되는 날이 찾아왔다.

구즈하라는 작업실에서 원고를 읽고 있었다. 문제의 신인상 후보작이었다. 드디어 세 번째 작품을 읽기 시작한 상태였다. 그래도 벌써 5천 장 이상의 원고를 읽은 셈이다. 그동안 다른 일은 하나도 하지 못했다.

휴식 삼아 오기에게 전화를 걸었다. 사실은 두 주쯤 전부터 완전히 연락이 끊겼다.

"네, 긴초샤입니다."

"아, 오기 군인가? 나야, 구즈하라야."

"아, 죄송합니다! 오랜만이네요." 오기의 말투는 묘하게 남 대하듯 예의를 차렸다.

"『커브 볼』, 오늘 발매지? 내게 견본이 오지도 않았는데 무슨 일인가?"

"아, 죄송합니다. 바로 보내드리겠습니다."

"그리고 서점 상황은 봤나? 자네는 신간이 나오면 늘 바로 정찰하러 가잖아?"

"아니, 저기, 오늘은 아직 가지 못했습니다. 지금부터 가려던 참입니다."

"그럼 나도 같이 가지. 책이 어떻게 완성되었는지 보고 싶고."

"아! 하지만 일이 있지……."

"나도 가끔은 쉬어야지. 엄청난 대장편소설만 읽어댔더니 머리가 마비된 것 같네. 그럼, 그 카페에서 5시에 어떤가?"

"아, 네. 알겠습니다." 오기는 마지막까지 어정쩡한 태도를 보였다.

늘 만나는 카페로 구즈하라가 가자 오기가 기묘한 표정을 짓고 기다리고 있었다.

"왜 그러나? 잔뜩 찌푸린 얼굴이니."

"선생님, 서점에 가기 전에 드릴 말씀이 있는데."

"아? 뭔데?"

"실은 얼마 전에 출판계에 작은 개혁이 일어났습니다. 원고 분량 표기 규칙이 개정되었죠."

"원고 분량?"

"아시다시피 기존에는 4백 자 원고지로 환산한 매수를 표시했죠. 하지만 문필가 대부분이 워드프로세서와 컴퓨터로 집필하는 요즘 오히려 불편하다는 말이 많았습니다. 또 최근 젊은 사람은 애당초 4백 자 원고지라는 것 자체를 모릅니다. 본 적도 없죠.

그러니까 책 띠지에 '당당한 신작 1,500장'이라고 써도 그 대단함이 전해지지 않아요."

오기의 말을 들으면서 구즈하라는 팔짱을 꼈다. 그럴 수도 있겠다 싶었다. 그 자신도 4백 자 원고지라는 것을 오랫동안 보지 못했다. 확실히 일상과 동떨어진 것으로 환산하는 일은 무의미할 수도 있겠다.

"앗! 그럼 이번 책 띠지에도 원고지로 환산한 매수를 대놓고 얘기하지 못한단 말인가? 성난 물결 같은 3천 장이나, 경악의 3천 장 같은 말을 못 쓴다고?"

"실은 그렇게 됐습니다." 오기는 고개를 숙였다. "아니, 하지만 대신 표기한 게 있죠. 그러므로 대작임은 충분히 전해졌을 겁니다."

"대신이라니?"

"그건." 오기는 입을 열려다 고개를 숙였다. "……실물을 보는 게 가장 좋으실 겁니다."

이런 태도를 보니 느긋하게 커피나 마시고 있을 수 없었다. 구즈하라는 아무것도 주문하지 않고 카페를 나와 서점으로 향했다.

서점에 가보니 신간 코너에 사람들이 잔뜩 몰려 있었다. 이따금 웅성거리는 소리도 들려왔다. 무슨 일인가 싶어 구즈하라는 조심스럽게 다가갔다.

거기에는 분명 자신의 책이 놓여 있었다. 아니, 책처럼 보이는 게 있었다. 그것은 책이라는 걸 모르면 절대 책으로 볼 수 없는 물건이었다. 무엇보다 책 표지라고 생각한 게 책의 등이었다. 아무래도 책의 폭보다 두꺼운 듯했다.

옆에는 아부라쓰보 도시히코의 책도 놓여 있었다. 이것도 책이라기보다 거대한 주사위 같은 느낌이었다.

그리고 자기 책의 띠지를 보고 구즈하라는 아연실색했다.

'구즈하라 만타로 세계에서 가장 무거운 야구 미스터리 탄생!!! 목숨을 건 8.7킬로그램!'

어느새 옆으로 온 오기가 그의 귀에 대고 "이 기록은 당분간 깨지질 않을 겁니다. 무엇보다 표지에 철판을 넣었으니까요"라고 속삭였다.

마카제관 살인사건(최종회·마지막 다섯 장)

마카제관 살인사건

(최종회·마지막 다섯 장)

모두가 집중해 바라보는 가운데, 탐정 다카야시키가 일어났다. 그리고 천천히 입을 열었다.

"자, 아무래도 모든 수수께끼를 밝혀야 할 때가 온 것 같군요. 여기 마카제관에서 일어난 무시무시한 살인사건의 진상을, 말하겠습니다. 이 집의 주인 이와카제 씨는 왜 시계탑 위에서 살해됐나, 피로 쓴 그 글자는 무엇을 의미하나, 그리고 절대 탈출할 수 없는 시계탑 밀실에서 범인은 어떻게 빠져나왔나. 이것들은 사실, 단 하나의 진실만 알아내면 쉽게 풀 수 있는 수수께끼였습니다. 그 진실이란." 그는 모두의 얼굴을 둘러봤다.

(아아, 약해, 너무 약해. 끝내 좋은 아이디어를 생각하지 못한 채 여기까지 와버렸어. 으악, 정말 큰 일이야. 벌써 이번이 마지

막 회인 데다 이제 남은 매수도 다섯 장뿐이야. 앗, 벌써 네 장인가. 아아, 네 장으로 해결이라니 무리야. 무엇보다 어떻게 해결해야 할지 도무지 모르겠어. 닥치는 대로 쓰긴 했는데 이제 시간이 없어. 뭘 쓰긴 해야 하는데…….)

요시에는 눈을 부릅뜨고 이 젊은 탐정의 얼굴을 응시했다. 그것은 사랑하는 사람을 빼앗긴 슬픔을 넘어, 아픈 진실을 알리는 눈이었다.

(으악! 뭐라고 쓴 거야, 이런 국면에! 한심한 묘사로 분량을 채우고 있을 때가 아니라고. 하지만 아까우니까 그냥 둘까. 음, 그건 그렇고 어떻게 하면 좋지? 아니, 담당인 오모리 씨가 잘못한 거야. 밀실 살인을 써달라고 해서 쓰긴 했는데 핵심인 트릭을 생각하지 못했으니까. 피로 쓴 글자도 마찬가지야. 서스펜스 분위기를 고조하려고 다잉 메시지를 꺼냈는데 특별한 의미는 없었어. 아아, 젠장! 오모리 씨는 어떻게든 잘 해결될 거라 했는데 그러지 않았어. 이렇게 힘든 일이 될 줄 정말 몰랐어. 심장이 벌렁거리고 머리가 쾅쾅 울려. 이 일이 너무 신경 쓰여 지난 사흘은 밥도 제대로 못 먹었다고.)

"즉 그 시계탑 문자판에 구멍이 있었습니다. 그걸 범인이 교묘하게 이용한 것입니다." 다카야시키의 말에 일동이 수런거리기 시작했다.

(이거 분명히 비난받을 거야. 밀실 살인이라고 요란을 떨어놓고 구멍이 있었다는 건 말이 안 되지. 역시 이건 아니야. 추리작가로 끝장이야. 나처럼 이렇게 뻔뻔스러우면 이제 일은 안 올 거야. 아아, 그런 일이 벌어지면 정말 끝이야. 그럼 큰일이라고. 어떻게든 해야 해. 이거 정말 곤란해. 아, 비지땀이 흐르기 시작했어. 숨쉬기도 힘들어. 헉헉, 헉헉 헉헉.)

　요시에의 뺨에 눈물이 흘렀다. 그녀는 탐정에게 물었다. "하지만 대체 누가, 무엇 때문에, 그런 지독한 짓을? 알려주세요. 다카야시키 씨."

　(알려주고 싶은 건 바로 나야. 누굴 범인으로 해야 좋을까. 마지막에 가장 의외인 인물을 범인으로 하는 게 좋겠다고 오모리 씨는 무책임하게 말했는데 어떤 놈을 범인으로 삼아도 의외성은 없단 말이야. 이거 곤란해. 너무 약해. 훌쩍훌쩍, 훌쩍훌쩍. 이제 두 장 안에 해결해야 하는데 사방이 꽉 막혔어. 그래서 연재 같은 건 자신 없다고 했는데, 괜찮아요, 처음에는 다 그래요, 라고 오모리 씨가 말하는 바람에……. 아아, 이제 끝장이다. 다 끝났어. 작가 생명도 끝이야. 나 좀 살려줘…….)

　다카야시키는 크게 숨을 들이쉬었다. 그리고 새삼 호화로운 거실에 모인 사람들의 얼굴을, 샅샅이 순서대로 천천히 바라봤다. 마침내 그의 가슴이 크게 부풀어 올랐다. 그가 다음에 내뱉을 말을, 모두가 숨죽여 기다렸다.

"그럼 알려드리죠. 악마적인 두뇌를 이용해 무시무시한 범행을 저지른 인물, 즉 이곳의 주인 이와카제 씨를 살해한 범인은

[작가의 갑작스러운 사망으로, 정말 죄송하지만, 이 연재는 여기서 종료합니다. 편집부]

독서 기계 살인사건

독서 기계 살인사건

1

    미스터리의 인기를 반영하듯 매년 수많은 신인 작가가 데뷔한다. 그 자체는 별문제가 아닌데 죄다 '기대의 대형 신인'이라고 떠드는 게 문제다. 일테면 재작년 『붉은 얼굴의 악마』로 대일본스릴소설대상을 수상한 사루타 고분고로 말하자면, 민속학 지식은 신음을 내뱉을 정도로 놀라웠으나 허접한 줄거리와 얄팍한 인물 묘사에 두 번째 작품 이후로는 고전하지 않을까 걱정했다.

    그랬던 사루타의 신작이 이번 달에 발매된 『파란 발의 갓파*』(긴초샤)다. 도대체 얼마나 실력을 쌓았는지 두려움 반, 기대 반의 심정으로 첫 페이지를 펼쳤다.

    분명히 말하겠는데 기대 이하였다. 아니, 그런 표현은 적당하

---

*물에 산다고 전해져 내려오는 일본의 요괴. 거북이의 등딱지를 가진 원숭이나 개구리 등으로 표현된다.

지 않다. 이건 분명 졸작이라고 단언할 수 있다. 읽지 말았어야 한다는 생각이 들 정도다.

전작은 산속 작은 마을에서 일어난 연쇄 살인사건의 전개를, 붉은 귀신 춤이라는 전통 예술과 엮어 그린 좋은 작품이었다. 거기서 별다른 변주 없이 이번 무대 역시 도시에서 멀리 떨어진 작은 촌락이다. 거기에 흐르는 가와즈라는 강에는 갓파가 사는데 강을 더럽히는 자는 갓파에게 살해된다는 전승이 내려오고 있다.

여기까지 읽고 그만 읽을까 싶었다. 전작은 분명, 아이를 낙태하면 붉은 귀신이 덮친다는 전설이 모티프였는데 이번에는 갓파다. 같은 방법을 몇 번이나 써야 속이 시원하냐고 묻고 싶은 심정이다.

이렇게 되면 이후 전개도 비슷할 것 같았는데 그야말로 예상대로였다.

그 마을에 종합 오락 시설을 만들려는 업자가 온다. 온다 고이치 사장은 마을의 명문가인 온다 가문의 장남으로, 25년 전 마을을 떠나 토지 개발에 손을 대 실업가가 되었다.

온다는 반대파의 입을 막으려고 돈을 뿌려댄다. 그리하여 찬성파가 과반수를 넘기려는 순간, 온다의 사체가 마을 외곽의 사당 안에서 발견된다. 사체는 완전히 물에 젖어 있었고 사인은 익사였다. 그런데 기묘하게도 양쪽 발에 파란 칠이 되어 있었다. 마을 사람들은 갓파의 짓이라며 겁을 먹는다.

반대파의 리더이자 의사인 에지리 유코가 의심을 받지만, 그녀 역시 병실에서 살해된다. 게다가 그 방법이 온다 때와 일치했다. 유코의 전 약혼자이자 의학 박사인 다노쿠라 신스케가 불가사의한 수수께끼를 풀겠다고 마을로 향한다―.

이런, 이런! 한숨을 내쉴 수밖에 없네. 『붉은 얼굴의 귀신』에서는 마을에 온 산부인과 의사가 살해됐는데 그것을 오락 사업장의 사장으로 바꾼 데 지나지 않았다. 도대체 이번 작품에 창의성이라는 건 어디 있나. 양쪽 발이 파랗게 칠해진 이유도 『붉은 얼굴의 귀신』에서 사체의 얼굴을 붉게 칠한 이유를 살짝 손본 느낌이다. 소설 주제도 자연과 과학의 공존이라는데 그것도 전작과 마찬가지다. 유일한 새 아이디어는 전설 속의 전염병과 연결한 것인데 이야기 전개가 막히자 억지로 쑤셔 넣은 인상을 떨칠 수 없다. 느닷없이 등장한 그 에피소드가 마지막에 중대한 의미를 띠게 되니, 이건 사기라 해도 되지 않을까.

이야기의 전개가 답답한 것도 여전하다. 전문 분야인 탓인지 민속학 얘기만 나오면 글이 뜨거워지는데 아무리 생각해도 이야기의 줄거리와는 전혀 관계가 없다. 그런 얘기를 내내 읽어야 하는 독자 처지가 되어 보란 말이다. 한편 인간을 그리는 데는 전혀 힘을 기울이지 않는다. 차례로 인물이 등장하는데 누가 누군지 전혀 모르겠다. 문장도 한심하다. 이상한 표현이 많아 의미를 파악하는 것조차 힘겹다. 그런 와중에 마지막으로 밝혀진 진범은 의외랄 것도 없다. 주인공 외에는 이 인물만 제대로 그리고 있으니 당연하다.

다시 얘기하는데 이 작품은 한심한 졸작이다. 읽지 않는 편이 좋다.

몬마는 원고를 다시 읽고 조금 지나쳤나 생각했다. 『파란 발의 갓파』의 완성도가 너무 형편없어서 시간을 낭비했다는 마음에 화가 나 솔직히 조금 마구 쓴 것도 사실이다.

하지만, 이걸로 됐다.

감상을 솔직히 적었을 뿐이라고 몬마는 생각했다. 무엇보다 내가 원해 『파란 발의 갓파』를 고른 것도 아니다. 편집부에서 다음에는 이 책을 부탁한다고 해서 썼을 뿐이다. 그런 말을 듣지 않았다면 읽지도 않았을 것이다. 사루타 고분고는 『붉은 얼굴의 귀신』을 읽었을 때부터 관심을 놓았다.

그보다, 하며 몬마는 발밑에 놓인 책을 들었다. 우시카이 겐바치의 『핸드 컬렉터』이다. 다음은 이 책의 서평을 써야 한다. 그런데 그는 아직 한 페이지도 읽지 않았다.

몬마는 미스터리 평론가다. 원래는 취미로 읽었을 뿐인데 동료인 미스터리 마니아의 추천을 받아 몇 번인가 동인지 같은 곳에 서평을 쓰다 보니 그게 본업이 되어버렸다. 좋아하는 소설을 읽고 적당히 감상을 늘어놓으면 그만이니 행복한 직업이라고 비아냥거리는 사람도 있었으나 실제로 해보면 그게 얼마나 어려운 일인지 알 것이다.

일단 읽어야 하는 책이 너무 많았다. 화제작, 신인상 수상작은 물론이고 베테랑 작가나 주목받는 작가의 책도 다 봐야 한다. 매달 여러 출판사에서 몬마에게 신간을 보내는데 아무리 정리해도 높이 쌓인 책이 거대한 피라미드로 변하고 만다. 그렇지만 미스터리가 호황이라 자기 같은 직업이 유지되는 셈이니 불평할 수도 없는 노릇이다.

우시카이 겐바치의 『핸드 컬렉터』를 보고 그는 한숨을 쉬었다. 아무리 봐도 두께가 5센티미터는 될 듯하다. 게다가 안은 2단 조판이다. '성난 파도 같은 2,200장' 같은 광고 문구도 꼭 읽어야 하는 처지에서는 얄밉기까지 하다.

그건 그렇고 원고 마감이 언제였더라…….

몬마는 일정을 적어놓은 수첩을 펼쳤다. 오늘이 『파란 발의 갓파』 마감일이었다는 것만 기억하고 있었다.

"앗!"

일정표를 보고 그는 소리를 질렀다. 『파란 발의 갓파』 마감이라고 적힌 옆에 이런 메모가 있었다.

긴초샤의 오기 씨가 의뢰한 서평, 최대한 호의적으로…….

그랬지! 몬마는 떠올렸다. 이 『파란 발의 갓파』는 오기가 만든 책이었다. 그리고 어떻게든 호의적인 서평을 써달라는 부탁을 받았다. 몬마는 오기가 『소설 긴초』에 있을 때 여러모로 신세를 졌다.

"이거 참!" 저도 모르게 한탄이 나왔다. 지금부터 원고를 다시 쓰는 건 힘들다. 아니, 그보다 이 책을 어떻게 칭찬한단 말인가.

이거 참, 몬마는 다시 중얼거리고 소파에 누웠다.

2

그대로 잠든 모양이다. 현관 벨이 울려 눈을 떴다. 눈을 문지르면서 현관문을 열자 처음 보는 남자가 웃으면서 서 있었다. 머리를 칠대 삼 가르마로 나누고, 짙은 감색 양복을 입고 있었다.

"미스터리 평론가 몬마 선생님이시죠?"

"그런데 당신은?"

"저는 이런 사람입니다."

남자가 내민 명함에는 『쇼훅스판매 주식회사 영업소장 요미요미타』라고 적혀 있었다. 들어본 적 없는 회사였다.

"무슨 일이시죠?"

"네. 저희는 이번에 고성능 독서 기계를 개발했습니다. 그래서 일반 판매에 앞서 독서를 직업으로 하시는 분들에게 모니터를 받아 얼마나 편리한지 시험하고자 합니다. 그래서 이렇게 찾아뵙게 되었습니다." 요미는 손을 비비면서 싹싹한 미소를 덧붙였다.

"무슨 기계요?"

"고성능 독서 기계입니다." 그렇게 말하면서 요미는 문 안으로 들어와 가방에서 팸플릿을 꺼냈다. "일단 사용해보시면 틀림없이 마음에 드실 겁니다."

"방문 판매라면 거절하겠습니다."

"아이고, 그렇게 말씀하지 마시고 일단 이야기라도. 이야기만이라도 들어주십시오. 고명한 평론가이신 몬마 선생님이라 찾아뵌 겁니다. 아, 몬마 선생님의 서평과 감상에는 늘 감탄합니다. 정말 일을 훌륭하게 하시죠. 지금은 일본 최고의 평론가라고 할까요" 고개를 꾸벅꾸벅 숙여댄다.

말도 안 되는 칭찬에 몬마는 조금 진저리를 치면서도 나쁜 기분은 아니었다. 도대체 뭐냐고 묻고 말았다.

"네. 그러니까 그토록 활약하시는 선생님이시니 많은 고민이 있으시리라 생각하는데 어떠십니까?"

"무슨 소리죠?"

"일테면 너무 바빠 많은 책을 읽을 시간이 없다거나, 몸이 아파 읽을 수 없다거나, 몸이 아픈 것도 아니고 시간도 있으나 좋아하는 책이 없어 읽고 싶지 않다거나."

"그야 뭐." 몬마가 콧등을 긁었다.

"그렇죠! 그렇고 말고요." 요미가 팸플릿을 들고 다가왔다. "그런 분들을 위해 개발한 게 자사의 쇼효스입니다. 이 기계는 말입니다, 그런 사람 대신 책을 읽어주는 꿈의 도구죠."

"하하하." 몬마는 고개를 끄덕였다. "그렇군요! 내가 가만히 있어도 책을 낭독해준다는 거군요. 하지만 그럴 바에는 읽는 게 낫죠. 낭독을 듣는 건 상당히 피곤한 일입니다. 졸리기도 하고."

그러자 영업사원은 검지를 세우고 쯧쯧 혀를 찼다.

"단순한 낭독 기계 같은 걸 권하려고 굳이 찾아뵌 건 아닙니다. 쇼효스는 말입니다, 책을 읽고 그 내용을 요약하고 감상을 적어 서평으로 출력할 수 있답니다."

"아니, 설마?"

"그렇게 생각하시겠지만, 정말입니다. 게다가 독서에 필요한 시간은 말입니다. 3백 페이지 정도 책이면 약 10분 만에 끝낼 수 있습니다."

"믿을 수 없군."

"백문이 불여일견이라고 했습니다. 괜찮으시면 한번 보여드릴까요?"

"아, 지금 여기서?"

"물론이죠."

몬마는 망설였다. 아무리 생각해도 거짓말 같았는데 관심은 갔다. 만약 사기라면 바로 쫓아내면 그만이다.

"알겠소. 그럼 잠깐 보여줘요."

"알겠습니다."

요미는 문을 열고 바람처럼 나갔다.

몇 분 뒤, 작업복을 입은 남자 둘이 소형 냉장고 정도의 큰 기계를 가져왔다. 요미가 뒤에서 따라왔다.

남자들은 그리 넓지도 않은 거실에 기계를 설치했다.

"자, 읽히고 싶은 책이라도 있나요?" 요미가 물어왔다.

"그렇지."

어차피 이렇게 된 거라면, 하고 몬마는 『핸드 컬렉터』를 내밀었다.

"좋습니다. 그럼 우선 뭘 하게 할까요? 감상이라도 쓰게 할까요?"

"아니, 일단 요약이 좋겠네. 줄거리를 알고 싶어."

"알겠습니다. 맡겨주십시오."

기계 옆에 전자레인지 문 같은 게 달려 있었다. 요미는 그걸 열고 책을 넣은 다음 문을 닫고 몇 개의 버튼을 눌렀다. 윙, 모터 돌아가는 것 같은 소리가 났다. 다음에는 펄럭펄럭 페이지 넘어가는 소리. 확실히 속도가 무척 빨랐다.

십몇 분 후, 페이지를 넘기는 소리가 멈췄다. 그 직후 문 반대쪽 틈에서 A4 용지가 나왔다. 빼곡하게 문자가 적혀 있었다. 그걸 들고 본 몬마는 놀랐다. 『핸드 컬렉터』의 개요가 기막히게 정리되어 있었다.

'핸드 컬렉터

무대는 도쿄. 시부야 센터 거리에서 놀던 여자가 갑자기 행방불명된다. 다음 날, 공원 화장실에서 발견된 그녀의 교살 사체는 왼쪽 손목이 잘려 있었다.

두 번째 사건은 이케부쿠로에서 일어났다. 미팅 중간에 빠져나간 채 모습을 감춘 학생의 시체가 백화점 옥상에서 발견된 것이다. 이 사체 역시 손목이 잘려 있었다. 그런데 그 대신 첫 번째 피해자의 손목이 남겨져 있었다. 그 손에 빨간 볼펜으로 'Lesson 1 This is a pen.'이라고 적혀 있었다.

경시청의 이와쓰키 가즈마사 경부는 정신이상자에 의한 살인

수사에 관해서는 타의 추종을 불허한다는 평판을 듣고 있었다. 그가 이 사건의 실질적인 지휘관이 된다. 그는 예전에 정신 착란을 일으킨 젊은이에게 어린 딸을 잃었다. 그 범인은 도망 중에 빌딩에서 뛰어내려 즉사했다.

이와쓰키 팀이 목격 정보를 모으고 있는데 세 번째 사건이 일어났다. 장소는 긴자의 지하 통로. 피해자는 노숙자 남성으로, 역시 손목이 잘렸고 대신 두 번째 피해자의 손이 남아 있었다. 손에는 'Lesson 2 I am a boy.'라고 적혀 있었다.'

거기까지 읽고, 이거 정말 대단하네, 라고 생각하며 몬마는 신음했다. 이 요약을 읽으면 내용은 거의 파악할 수 있을 것이다.

요약에 따르면 그 후로도 같은 사건이 계속 일어나는데 이와쓰키 경부는 범인이 남긴 메시지가 1960년대에 사용된 중학교 영어 교과서에서 발췌된 것임을 알아내고, 범인이 그 교과서로 영어를 배운 사람이라고 추리한다. 나아가 교과서는 'Lesson 10'까지 있으므로 범인은 10명을 죽일 것이다. 마침내 이와쓰키의 딸이 살해된 사건과의 관련도 부상하고 진범의 마지막 목적이 이와쓰키라는 게 밝혀진다. 이와쓰키는 딸이 영어 회화 학원에 다녔음을 떠올리고 의외의 범인을 밝혀내는데…….

몬마는 계속 신음했다. 이것만 읽으면 본문을 읽을 필요는 없겠어.

"마음에 드십니까?" 마음에 들지 않을 게 있겠냐는 듯 자신에 찬 표정으로, 요미가 물었다.

"아주 좋네." 몬마가 말했다. "하지만 요약뿐이잖나. 다음은 감상이나 서평을 쓸 수 있느냐는 문제지."

"쓸 수 있습니다. 조금 해볼까요?"

"그렇게 해주게."

그럼, 이라고 말하고 요미는 조작 버튼을 재빨리 눌렀다. 다시 윙 하고 모터 소리가 시작되었다.

이번에는 바로 종이가 나왔다. 거기에는 다음과 같이 인쇄되어 있었다.

'3년 전에 『돼지들의 폭소』로 데뷔한 우시카이 겐바치의 신작 『핸드 컬렉터』는 전작을 뛰어넘는 사이코·서스펜스의 걸작이다. 시체의 손목을 잘라 다음 피해자 시체에 남겨두는 기괴한 살인범을, 이상 범죄 전문가인 이와쓰키가 쫓는다. 남긴 손목에는 'Lesson 1 This is a pen.'과 같이, 일본의 40대 독자라면 누구나 알 수 있는 메시지가 적혀 있다.

독자로서는 그야말로 숨 쉴 틈 없는 소설이다. 이와쓰키를 비롯해 사체를 데이터로만 보는 감식 전문가, 냉철한 심리 수사관 등이 온갖 방법을 써서 다음 범행을 예측하고 수사망을 좁힌다. 거기에는 한 점의 틈도 없어 보이지만, 범인은 멋지게 맹점을 짚고 새로운 피해자를 만들어낸다. 마침내 이야기는 이와쓰키의 딸이 살해된 과거 사건과도 복잡하게 얽힌다. 어떤 시점에서 전체상이 극적으로 일변하는 수완에는 절로 고개를 숙일 수밖에 없다.'

몬마는 혀를 내둘렀다. 도무지 기계가 쓴 거라고는 생각할 수 없었다.

"일단 4백 자 원고지 한 장으로 정리했습니다." 요미가 의기양양하게 가슴을 폈다. "어떻습니까?"

"아, 그럭저럭 잘하는군. 하지만 너무 칭찬 일색 아닌가? 듣기에 이 『핸드 컬렉터』는 그리 평판이 좋지 않던데."

"앗! 그건 평판 모드를 '최고 호평'으로 했기 때문입니다."

"최고 호평?"

"여기를 보십시오." 요미가 조작 패널을 가리켰다.

몬마가 들여다보니 거기에는 '평가 모드'라는 유닛이 있고 다섯 개의 버튼이 있었다. 위에서부터 '최고 호평', '호평', '보통', '쓴소리', '혹평'이라고 되어 있었다.

"이렇게 서평의 뉘앙스를 다섯 단계로 바꿀 수 있습니다. 좀 너무 칭찬했다 싶으면 '호평' 정도로 하거나 '보통'으로 하면 됩니다. '보통' 모드의 경우, 별다른 지장이 없을 정도의 간단한 줄거리 소개를 중심으로 합니다."

그렇다면 평소 내가 하는 일과 다름이 없네. 몬마는 생각했다.

"그럼 『핸드 컬렉터』 서평을 '혹평' 모드로 쓰게 해보게."

"알겠습니다."

요미는 '혹평' 버튼을 누르고 서평 작성을 시작하게 했다.

곧 완성된 서평은 다음과 같았다.

'3년 전에 『돼지들의 폭소』로 데뷔한 우시카이 겐바치의 신작 『핸드 컬렉터』는 사이코 서스펜스의 외피를 쓴 작품이다. 계속해서 사체가 나오는 것은 이런 종류 소설의 상식이니 눈을 감겠는데 손목을 잘라 다음 피해자 옆에 놓는 취향은 새로울 게 하나도 없다. 손목에 남긴 'Lesson 1 This is a pen.'이라는 메시지는 일본의 40대 독자라면 폭소할 것이다.

독자로서 짜증스러운 것은, 속속 살인이 일어나는데 주인공인 이상 범죄 전문가인 이와쓰키를 비롯해 조연인 감식과 직원이나 심리 수사관이 그저 거들먹거릴 뿐 전혀 도움이 되지 않는다. 당연히 그들은 항상 범인의 뒤만 쫓는다. 이와쓰키의 딸이 살해된 과거 사건과의 관련성이 후반에 갑자기 떠오른 것도 너무 느닷없어 억지스럽다. 마지막 수수께끼 풀이도 진부해 돈을 돌려달라고 소리 지르고 싶은 책이다.'

이거 정말 엄청나게 바뀌었네. 몬마는 다시 놀랐다. 이렇게는 자신도 쓸 수 없을 듯했다.

"대담한 서평이네."

"아니, 실제로는, 웬만해선 '혹평' 모드를 쓸 것 같진 않은데요."

그 작가와 싸우자고 작정하지 않고서야. 몬마는 생각했다.

"아아. 자, 어떠십니까?" 몬마가 또 손을 비벼대기 시작했다. "이제 쇼흑스의 성능은 거의 이해하셨을 것 같은데요."

"그러네." 몬마는 팔짱을 꼈다.

실은 그의 머릿속은 이미 이 기계를 들여놓기로 정했다. 그러나 문제는 가격이다. 터무니없는 요금을 낼 수는 없었다.

그때 요미가 그의 얼굴을 들여다보며 말했다.

"아까 말씀드렸다시피 이번은 모니터로서 선생님에게 사용을 부탁드리는 겁니다. 그러므로 대여 요금은 전혀 발생하지 않습니다."

"아니, 그런가? 공짜라는 건가?"

"그렇습니다." 요미는 고개를 숙였다. "어떠세요? 시험해보시겠습니까?"

"그러지. 그렇게까지 말하면 도무지 거절할 수가 없군. 그럼 잠시 시험 삼아 써볼까?"

"고맙습니다. 살았습니다."

이후, 요미가 내민 몇 개의 계약서에 몬마는 사인했다. 내용을 꼼꼼히 읽었는데 사기 같은 건 아닌 듯했다.

"그럼 또 다음 달, 후기를 들으러 오겠습니다." 그렇게 말하고 요미는 돌아갔다.

몬마는 기계로 다가가 그 표면을 쓰다듬었다.

정말 편리한 걸 얻었네……

마침 잘 됐다. 이걸로 마감에 쫓기고 있는 일을 할 수 있겠다.

그는 사루타 고분고의 『파란 발의 갓파』를 들었다. 기계 문을 열고 책을 넣은 후 닫았다. 그리고 조작 패널로 시선을 옮겼다.

평가 모드를 '최고 호평'으로 하고 스위치를 눌렀다. 바로 펄럭펄럭 기계는 페이지를 넘기기 시작했다.

약 10분 후, 다음과 같은 서평이 완성되었다.

재작년 『붉은 얼굴의 귀신』으로 대일본스릴소설대상을 수상한 사루타 고분고가 기대를 모으는 대형 신인이라는 점은 누구나 인정할 것이다. 특히 민속학에 관한 깊은 조예에는, 이게 신인의 작품인가 싶어 절로 신음하게 된다. 줄거리는 간단하지만, 그것은 주제를 부각하는 방법일 것이다. 일부에서는 인간 묘사가 부족하다는 지적도 있는데 사건을 정확하게 표현하기 위해, 또 이 심오한 주제를 독자에게 정확하게 전하기 위해, 일부러 기호화했다고 해석하는 게 옳을 것이다.

『파란 발의 갓파』(긴초샤)는 그런 대형 신인의 최신작이다. 기대에 부풀어 작품을 읽었다. 그리고 그 기대는 배신당하기는커녕 기대 이상의 감동을 얻었다.

이번 무대는 갓파 전설이 남아 있는 작은 산골 마을이다. 전설의 내용은 강물을 더럽히는 자는 갓파에게 살해된다는 것이다.

어느 날, 그 마을에 마을의 명문 가문인 온다 집안의 장남이 돌아온다. 그는 25년 전에 마을을 떠나 현재는 청년 실업가로 성장했다. 그의 목적은 이 지역을 개발해 큰 오락 단지로 만드는 것이었다. 그리고 자연보호단체에 대항하려고 그는 마을 유지들을 차례로 매수한다.

여기까지 읽었을 때 이 작품이 걸작임을 확신했다. 전작은 붉은 귀신 전설을 다뤘고 이번은 갓파 전설이다. 이 작가의 학식이 이토록 깊은가. 절로 감탄했다. 게다가 얼핏 고풍스러운 세계 같은데 청년 실업가의 야망이라는 극히 현대적인 장치를 놓았다. 작가의 뛰어난 균형 감각을 인정할 수밖에 없다.

여기까지 봐도 충분히 하나의 소설이 될 듯한데 이 작품의 대단함은 여기서부터다. 아니! 그 청년 실업가의 익사체가 발견된 것이다. 게다가 불가사의하게도 두 발이 파랗게 칠해져 있다. 여기서 문제의 갓파 전설이 등장한다.

다음 피해자는 에지리 유코라는 의사였다. 그녀 또한 갓파 전설의 희생이 되는 뜻밖의 상태로 살해되었다. 하지만 그녀는 마을 개발 사업을 반대하고 있었다.

복잡하게 얽히는 수수께끼, 육박하는 공포. 마을이 공황 상태에 빠지려는 순간 한 남자가 찾아왔다. 의학 박사인 다노쿠라 신스케다. 그는 유코의 연인이었다.

이 정도만 읽어도 전작 『붉은 얼굴의 귀신』과의 유사점을 깨달은 사람이 있을지 모른다. 확실히 전작의 장점을 다시 이용한 점도 조금 있다. 그러나 그것은, 작가가 이 스타일에 확고한 자신감을 지니고 있기 때문이라고 할 수 있을 것이다. 재능이 없는 사람이 이런 짓을 하면 매너리즘이 될 텐데 사루타는 다르다. 그는 데뷔 두 번째 작품에서 스타일을 확립한 것이다.

소설의 주제는 이번에도 자연과 과학의 공존이다. 너무나 깊고 장대한 주제다. 작가가 작품마다 주제를 계속 바꾸는 것은 스스로 자신이 없기 때문이다. 사루타는 자신이 믿는 길을 깊이 파내려가는 타입이다.

더욱 감탄한 것은 불가사의한 전염병 아이디어다. 이걸 가져옴으로써 작품이 훨씬 탄탄해진다. 얼핏 관계없는 에피소드로 보이는데 이게 마지막에서 중대한 의미를 지니게 된다는 점에서 이 작가의 정교함에 고개가 절로 숙여질 정도다.

전문 분야인 민속학에 관한 기술도 여전히 훌륭하다. 이것만 읽어도 민속학 지식을 상당히 익힐 수 있을 것이다.

인물을 의도적으로 기호화하는 방법은 이번에도 유효하다. 덕분에 독자로서는 추리와 관계없는 인물에 신경 쓸 필요가 없다. 어디까지나 독자를 배려한 결과다.

약간 습관처럼 자주 쓰는 표현이 있는데 이 역시 작가의 개성이라고 할 수 있을 것이다.

그리고 소설 마지막에는 아무도 예상치 못한 의외의 범인이 밝혀진다. 이걸 읽고 놀라지 않을 독자는 없으리라 확신한다.

사루타 고분고는 이미 미스터리 계의 정점에 섰다.

3

몬마가 소파에서 낮잠을 자고 있는데 전화벨이 울렸다. 천천히 일어나 "네, 몬마입니다"라고 하품하면서 말했다.

"앗! 몬마 씨입니까? 소설 긴초샤의 에모토입니다."

"아, 안녕하신가? 좀 전에 원고를 보냈는데 벌써 읽었나?"

몬마는 발밑에 놓아둔 책을 들었다. 네코즈카 시노라는 여성 작가가 쓴 『또 다른 밤』이라는 호러 소설이다. 에모토의 부탁으로 이 책의 서평을 썼다. 사실 이번에는 직접 읽고 서평을 쓰려

고 했는데 도입부만 읽었는데도 잠들고 말아, 결국은 이것도 쇼
흐스에게 맡겼다.

　이 새로운 병기 덕분에 몬마의 작업량은 비약적으로 늘었다.
자신이 읽지 않아도 줄거리를 알 수 있고 서평까지 완성해주니
까 당연하다. 특히 '최고 호평' 모드는 아주 큰 도움이 되었다.
여러모로 사정이 있어서 아무리 한심한 책이라도 칭찬해야 할
때가 적지 않다.

　쇼흐스에 맡기면 '현실감 없는 트릭'도 '환상적인 속임수'가
되고, '인간이 그려져 있지 않다'라는 것도 '인물의 본성을 교묘
하게 숨겼다'라는 것이 되었다. 그렇게 바꿔 말하는 건 너무 부
끄러워 좀처럼 할 수 없는 일이지만 기계이니까 담담하게 수행
할 수 있었다.

　이 녀석은 이제 놓칠 수 없겠어. 몬마는 그런 심정이 들었다.

　"읽었습니다. 그리고 사실은 문제가 좀……." 에모토는 말끝을
흐렸다.

　"문제라니 뭐지?"

　"아니, 그게, 몬마 씨는 이번 주 『주간 분후쿠』를 읽으셨습니
까?"

　"분후쿠? 아니, 아직 안 읽었는데. 그게 왜?"

　"그 잡지에 미스터리 서평 코너가 있는 건 아시죠?"

"아아, 도모비키 덴스케가 하고 있지."

도모비키는 신예 미스터리 평론가이고, 몬마와도 교류가 있다. 특별히 사이가 좋은 건 아니었으나 파티 같은 데서 만나면 인사 정도는 나눈다.

"사실은 이번 주 호 말인데요, 도모비키 씨가 『또 다른 밤』을 다뤘습니다."

"흠. 그랬나?"

작가인 네코즈카 시노는 전작이 베스트셀러가 된 점도 있어서 요즘 가장 주목받는 작가다. 신작을 내면 누구나 다루고 싶은 게 당연하다. 다만 이런 경우에 월간지는 불리하다. 아무리 서둘러도 다음 발매까지는 한 달이나 늦다. 그동안 주간지가 앞서나가는 일이 종종 있다.

"그야 어쩔 수 없는 거 아닌가? 화제작은 여러 잡지가 다루지. 별로 문제가 될 것 같지는 않은데." 몬마는 가볍게 말했다.

"아뇨. 도모비키 씨가 『또 다른 밤』의 서평을 쓴 건 괜찮습니다. 문제는 그 내용입니다. 아, 이건 어디까지나 착오인 듯한데 조금 전 몬마 씨가 보내주신 원고 내용과 완전히 똑같습니다."

"뭐!" 몬마는 목소리가 뒤집혔다. "같다니……. 내용이 같다고? 비슷한 게 아니라?"

"똑같습니다. 문장 하나, 단어 하나까지, 쉼표 위치까지 똑같습니다. 그래서 그런데, 저기, 어떻게 된 거죠?"

몬마는 뭐라 할 말이 없었다. 짚이는 게 딱 하나 있었다.

"일단, 도모비키 씨의 서평을 팩스로 보내드릴까요?"

"응. 그래. 그렇게 해주게."

일단 전화를 끊었다. 몬마는 겨드랑이 밑의 땀을 닦았다.

몇 분 뒤, 팩스가 왔다. 그 서평을 읽고 몬마는 신음을 흘렸다. 확실히 조금 전 그가 『소설 긴초』 앞으로 보낸 것과 완전히 똑같았다.

도모비키, 이 자식…….

틀림없었다. 도모비키 덴스케도 역시 쇼효스를 손에 넣은 것이다. 그것을 사용해 일을 마구 처리한 게 틀림없다. 그러고 보니 최근 도모비키의 업무량이 늘어난 듯했다. 몬마는 소파를 발로 찼다. 한심한 새끼, 새파랗게 젊은 주제에 약삭빠른 짓이나 하고…….

이윽고 다시 전화가 울렸다. 에모토였다.

"사정을 알았네. 내 실수였어." 몬마는 밝게 말했다. "나는 요즘 다른 사람의 서평을 자료로 보관하고 있었는데 잘 생각해보니 도모비키 글도 파일로 저장해뒀지. 그걸 실수로 내 원고 대신 보냈네. 폐를 끼쳐 미안하네."

"아니, 그런 거였습니까? 그럼 몬마 씨의 원고는 따로 있겠네요."

"물론 있지. 곧 보내지."

"그 말씀을 들으니 안심이 됩니다. 저도 그러지 않을까 생각했습니다."

"그런데 확인 좀 하지. 『또 다른 밤』은 내 맘대로 써도 되겠나? 꼭 칭찬해야 하는 건 아니지?"

"그건 상관없습니다. 몬마 씨는 그 작품을 그리 높이 보지 않으시나요? 도미비키 씨는 상당히 칭찬했는데요."

그것은 쇼흑스의 평가 모드를 '최고 호평'으로 했기 때문이다. 그러나 몬마는 같은 모드를 사용할 수 없다.

"네코즈카 씨에게는 미안하지만, 좀 쓴소리를 하고 싶네. 괜찮겠지?"

"알겠습니다. 알아서 하십시오."

전화를 끊은 후 몬마는 바로 『또 다른 밤』을 쇼흑스에 넣고 평가 모드를 '쓴소리'에 맞추고 서평을 출력했다. 그 일은 몇 분 만에 끝났다. 그걸 바로 『소설 긴초』 편집부에 팩스로 보냈다.

"원고, 잘 받았습니다." 팩스를 받은 에모토가 가벼운 말투로 전화를 걸어왔다. "아이고, 정말 재미있었습니다. 같은 책을 다뤄도 사람에 따라 이렇게 다를 수 있군요. 도모비키 씨가 정교하다고 평가한 부분을 몬마 씨는 너무 비틀었다고 하고, 도모비키 씨가 농밀하게 느낀 부분이 몬마 씨에게는 장황한 게 되니까요. 여러모로 공부가 되었습니다."

내가 할 소리야. 몬마는 그렇게 말하고 싶은 걸 간신히 참았다.

4

쇼훅스를 이용하기 시작한 지 한 달이 되었을 때 요미가 싹싹하게 웃으면서 나타났다.

"어떠셨습니까?"

"기계 상태는 나쁘지 않은데 아주 곤란한 일이 일어났네."

"아니……, 무슨 일이?"

"당신, 이 기계를 나 말고 다른 평론가에게도 줬지? 도미비키 덴스케나 다이안 료키치나."

"앗! 잘 아시네요." 헤헤헤, 요미는 머리를 긁적였다.

"웃을 일이 아니네. 덕분에 같은 책을 다룰 때, 누군가 모드를 바꿔 서평을 출력해야 한다고. 그러니까 녀석들의 서평을 항상 찾아볼 필요가 생겨서 아주 곤란해."

물론 도모비키와 다이안 쪽도 몬마가 쇼훅스를 쓰고 있음을 알고 있을 터이니 그와 같은 고생을 하고 있으리라.

"그 점에 관해서는 다른 분들에게도 의견을 들었습니다."

"다른 분들? 도모비키와 다이안뿐만 아니라?"

"아니, 평론가분들 외에 작가 몇 분에게도 드렸습니다."

"왜 작가가 이런 기계를?"

"필요할 일은 많죠. 문고판 해설이나 신인 작가 작품의 추천 글을 부탁받는데 읽을 틈이 없는 분들은 좋아하시죠."

그렇군. 몬마는 감이 왔다. 해설이나 추천 글을 부탁받는 작가라면 그만큼 유명하다는 소리다. 그만큼 자기 일만으로도 바쁠 것이다.

"그리고 이건 대놓고 할 말은 아니지만." 요미는 입가를 손으로 가리고 말했다. "문학상 심사위원을 하는 선생님에게도 큰 호평을 받고 있죠. 특히 대여섯 개의 심사위원을 맡은 선생님은 모든 작품을 읽느라 정말 고생이라고"라며 킥킥대고 웃었다.

"녀석들, 너무하네." 자기 일은 제쳐두고 몬마는 고개를 흔들었다. "쇼흑스에 줄거리를 쓰게 한 다음 그것만 읽고 심사회에 참석하는군. 수상자는 그렇다고 해도 그렇게 떨어진 후보자들은 억울하겠어."

"그 밖에도 작가끼리 대담해야 하는데 상대 작가의 작품을 하나도 읽지 않았을 때도 유용하다고."

"이런, 이런! 그럼 업계에 상당히 퍼져 있다는 건데. 내가 쓴다는 것도 들켰겠네. 잠깐! 그럼 출판사 녀석들이 쇼효스를 도입하는 것도 시간문제겠어."

"이미 분후쿠출판과 탄탄샤 등이 주문하셨습니다." 요미는 신나서 떠들었다.

"그게 뭔가? 그런 걸 출판사가 쓰면 내 일이 없어지잖아. 심각한 영업 방해야." 몬마가 소리쳤다.

"아이고, 그게, 그게." 요미는 두 손을 앞으로 내밀고 머리를 계속 숙였다. "흥분하지 마세요. 제 얘기 좀 들어보십시오. 확실히 쇼효스를 사용하면, 기존의 서평이라면 출판사도 직접 작성하겠죠. 하지만 몬마 선생님도 아시죠? 기존 쇼효스에는 독창성이 없습니다. 같은 책을 읽게 하고 같은 모드를 선택하면 같은 문장만 나오죠."

"그러니까 같은 기계를 출판사가 도입하면?"

"그러니까." 요미는 조금 목소리를 키워 말했다. "기존형에는 그런 단점이 있었습니다. 그래서 오늘은 선생님이 좋아하실 만한 정보를 가져왔습니다."

"좋아할? 무슨 소리지?"

그러자 요미는 가져온 가방에서 회색 상자를 꺼냈다. 비디오 기기보다 조금 작은 크기였다.

"이건 에볼루션 유닛이라고 하는데 쇼흑스에 붙여 사용합니다. 그럼 세상에 하나밖에 없는, 몬마 선생님만의 쇼흑스로 다시 태어납니다."

"응? 무슨 소리지?"

"이 유닛을 설치한 상태에서 이제까지 선생님이 쓰셨던 서평을 쇼흑스가 읽게 합니다. 그럼 컴퓨터가 선생님의 버릇이나 기호, 가치관 등을 기억합니다. 많이 읽히면 읽힐수록 그 정밀도는 올라갑니다. 선생님의 분신이라고 할 수 있는 두뇌를 가지게 되는 겁니다. 그런 상태에서 어떤 책을 읽히고 서평을 쓰게 하면 선생님의 개성이 담긴 원고가 완성되는 방식입니다."

"그런 게 가능한가?" 몬마는 놀란 눈으로, 요미가 안고 있는 상자를 바라봤다. "만약 그게 사실이라면 분명히 세상에 하나밖에 없는 기계겠지."

"어떠십니까? 이 유닛을 설치하시겠습니까?"

"그래야겠지." 몬마는 완전히 마음이 동했다.

그런데 그걸 예상했다는 듯 "다만"이라고 요미가 말했다.

"이 유닛에 한해서는 구매하셔야 합니다. 무엇보다 이건 선생님의 독창성을 만들어내는 기계입니다. 선생님 외에는 누구에게도 소용이 없으니까요."

그의 말은 지당했다. 몬마는 조심스럽게 가격을 물었다.

"이 성능을 이해하셨다면 결코 비싼 건 아닌데." 그렇게 전제하고 요미가 가격을 말했다. 그 얘기를 듣고 몬마는 순간 정신이 아득해졌다. 외제 차를 살 수 있는 금액이었다.

"조금 어떻게 해줄 수 없나?"

"아이고, 좀 살려주십시오. 그리고 다른 분들은 다 그 가격에 계약하셨습니다."

"다른 분이라면⋯⋯."

"도모비키 씨나 다이안 씨죠." 요미가 빙긋 웃었다.

젠장, 약점을 잡혔네. 몬마는 그렇게 생각하면서 이렇게 물었다. "할부가 가능할까?"

5

"그래서 이 『개죽음을 당해봐』의 작가는 본질적인 인간을 그리려 하지 않아. 그저 폭력적인 장면을 연발해 독자들을 자극할 뿐이야. 정신이 병든 사람들이 대거 등장시키는 것도 그게 더 맘대로 휘두를 수 있기 때문이지."

"나는 그래도 괜찮던데요. 그것도 일종의 오락 아닐까요? 줄거리를 위해 인간성을 함부로 비튼다는 점에서는 『사람 얼굴 부스럼』이 더 심한 것 같은데요. 거기의 여자 주인공은 아주 다정한 성격이라는 설정인데 그렇다고 해도 무릎의 부스럼이 사람 얼굴로 보인다는 이유로 떼지 않는다니, 그건 좀 그래요."

"동감이야. 무엇보다 부스럼이란 무조건 떼고 싶은 거 아닌가. 나는 너무 빨리 떼서 잘 낫지 않는데. 하하하. 아니, 미안. 말이 딴 데로 샜군. 그렇다고 해도 나는 아까 말했듯 『죽이면 죽일수록 죽일 때』를 추천하고 싶군. 여성 작가가 이렇게까지 비정한 심리를 그리다니 대단해. 아, 그리고 이 사람, 주부지? 주부가 이런 글을 썼다고. 그걸 평가해야 하지 않을까?"

"아니, 나는 역시 『사람 얼굴 부스럼』을 버릴 수가 없어."

"나는 『개죽음을 당해봐』야."

셋의 의견이 완전히 갈린 시점에서 논의가 중단되었다.

몬마는 도내에 있는 호텔 방에 도모비키, 다이안과 있었다. 긴초추리대상이라는 신인상 예비 심사회 중이었다. 일단 세 작품을 후보작으로 올리는 데는 의견이 일치했는데 나머지 하나를 선택하는 단계에서 의견이 대립했다. 주최사인 긴초샤는 세 작품은 너무 후보가 적다고 주장하고 있다. 그러나 여섯 작품은 또 너무 많을 듯하다.

몬마는 들고 있는 서류로 시선을 떨어뜨렸다. 다음과 같이 프린트되어 있었다.

『경원의 아이』 ……A

『딱딱한 이마』 ……A

『발바닥의 어둠』 ……A

『사람 얼굴 부스럼』 ……B

『개죽음을 당해봐』 ……C

『죽이면 죽일수록 죽일 때』 ……C

이 결과는 만약 몬마가 직접 작품을 읽었을 때 어떤 평가를 줬을지를 쇼흌스가 예상한 것이다. 최근 그는 요미의 추천으로 작품 심사 기능 옵션을 도입했다.

보아하니, 도모비키와 다이안도 같은 서류를 들고 있었다. 요즘에는 쇼흌스 사용을 아무도 숨기지 않았다. 지금까지의 논의도 각자가 자기 생각을 떠든다기보다 쇼흌스가 낸 답을 낭독하고 있다고 해야 할 것이다. 무엇보다 아무도 작품을 읽지 않은 것이다.

"여러분, 이견을 더 좁힐 수는 없을까요?" 사회자가 세 사람에게 물었다. 그는 『소설 긴초』의 편집장이었다.

"나는 물러설 수 없습니다." 제일 먼저 몬마가 말했다.

"나도 타협할 수 없습니다."

"저도 마찬가지죠."

그 말을 듣고 사회자가 고개를 끄덕였다.

"알겠습니다. 그러면 여기서 논의를 접고 3자 대전 모드로 결과를 내도 괜찮겠죠?"

"어쩔 수 없지."

"맞아요."

"그럴 수밖에 없겠지."

셋의 합의를 확인하고 사회자는 옆에 앉은 조작원에게 눈짓했다. 지시를 받은 여성 조작원이 앞의 컴퓨터를 조작하기 시작했다.

그 컴퓨터에서는 전화선 세 개가 나와 있었다. 각각의 회선은 몬마를 비롯한 심사위원의 집에 있는 쇼흑스와 연결되어 있었다. 인간끼리 논의가 해결되지 않을 때는 기기끼리 싸우게 하기로 이번 모임 전에 결정했다.

컴퓨터 화면에 너구리와 판다, 코알라가 나타나 드잡이를 시작했다. 너구리는 몬마의 캐릭터이다.

"가자, 그거야! 던져버려."

"물어뜯어. 앗, 뒤를 조심해!"

"꼬리야. 판다의 꼬리를 노려! 잘했어. 좋아! 해냈어!"

셋은 화면에 응원을 보내기 시작했다.

6

작가 도라야마 도세쓰는 워드프로세서 화면을 바라보며 신음했다. 신작 소설의 완성에 매달리고 있지만 아무래도 작품에 자신이 없었다. 이게 정말 재미있는지 불안해졌다. 지금까지 몇 권을 출판했는데 유감스럽게도 그의 책은 잘 팔리지 않았다. 평론가의 극찬 경험도 거의 없다. 연말에 선정되는 미스터리 탑텐 같은 데는 한 번도 들어간 적 없다.

다시 처음부터 시작해보자 생각했을 때 현관 벨이 울렸다.

찾아온 사람은 요미 요미타라는 영업사원이었다. 쇼흑스를 판다는 소리에 도라야마는 고개를 저었다.

"저 같은 사람에게 찾아오다니 무슨 착오가 있었나 보네요. 문학상 심사위원도 아니고 잡지 서평을 쓰지도 않아요. 대담 일도 없죠. 그러니까 다른 분의 소설을 읽어야 할 일이 없어요."

그러자 요미는 방실방실 웃으며 고개를 끄덕였다.

"아, 그건 잘 알고 있습니다. 실례지만, 도라야마 씨는 아직 그리 많은 독자를 가지고 있지 못하다고 해야 할까, 인정받지 못했다고 해야 하나요."

"안 팔리죠." 노골적으로 불쾌한 목소리를 냈다.

그런데 요미는 전혀 개의치 않고 미소를 지은 채 몸을 내밀었다.

"그런 도라야마 씨에게 기막힌 상품이 있습니다."

그가 말을 다 끝내기도 전에 현관문이 열렸다. 작업복 차림의 두 남자가 복사기 같은 것을 들고 왔다.

"잠깐만요! 갑자기 이런 걸 들고 오시면 곤란하죠."

"아이고! 일단 제 말을 들어보세요. 그런데 도라야마 씨가 쓰고 있던 원고를 잠깐 빌리겠습니다. 원고지여도 좋고, 파일이어도 좋습니다."

"뭘 하려는 겁니까?"

"그건 보고 즐기시길." 요미는 의미심장한 미소를 지었다.

쫓아 버릴까 생각했는데 역시 마음에 걸렸다. 도라야마는 책상에서 플로피 디스크를 들었다.

"미완성 원고요."

"괜찮습니다."

요미는 플로피 디스크를 기계에 넣고 몇 가지 조작을 했다. 얼마 후 종이가 나왔다. 뭐라고 적혀 있다. 자, 보세요, 라고 요미가 말했다.

그 종이를 보고 도라야마는 앗 소리를 지르고 말았다.

'■ 주인공 등장을 두 페이지 정도 빨리 넣는다.

■ 32페이지의 격투 장면을 다섯 줄 늘린다.

■ 45페이지부터 시작되는 정계 설명은 삭제.

■ 58페이지, 부스지마 가즈오를 더 불쾌하게 묘사.

■ 63페이지, 베일에 가려진 중국인을 하나 더 늘린다.'

"이게 뭐죠? 작품 지도 기계입니까?"

도라야마가 묻자 요미가 쯧쯧 혀를 찼다.

"그렇게 간단한 게 아닙니다. 이건 현재 나온 쇼흐스의 기능을 거꾸로 이용한 장치, 이름하여 쇼흐스 킬러입니다."

"쇼흐스 킬러?"

"요컨대 말입니다, 쇼흐스도 완벽하진 않습니다. 그 상품을 개발한 우리는 어떻게 소설을 쓰면 높은 평가를 받는지 다 압니다. 이 쇼흐스 킬러는 그걸 조언하는 기계죠."

"이거 정말 굉장하군." 도라야마는 그렇게 말하고 고개를 갸웃했다. "하지만 요즘의 쇼흐스는 평론가들의 개성이 더해져 무엇이 어떻게 평가될지 모르지 않나요?"

"물론 평론가에 따라 평가가 나뉘는 작품도 있습니다. 하지만 매년 베스트셀러 탑텐을 보면 알 수 있듯 1, 2위를 다투는 작품은 어느 평론가나 A를 줍니다. 쇼흐스 킬러는 그 수준을 목표로 하죠."

"말씀은 알겠는데 이걸로 정말 재밌는 소설을 쓸 수 있습니까?"

도라야마의 의문을 듣고 요미는 얼굴을 찌푸리며 고개를 흔들었다.

"오해하지는 마세요. 쇼흐스 킬러는 재미있는 소설을 쓰기 위한 기계는 아닙니다. 쇼흐스가 높은 평가를 주는 소설을 쓸 수 있을 뿐입니다. 실제로 그렇게 쓴 소설을 읽어봤는데 솔직히 재미있지는 않았습니다."

"그럼 안 되는 거 아닙니까?"

도라야마가 말하자 요미는 놀란 표정으로 "왜요"라고 물었다.

"왜라니……."

"도라야마 씨. 잘 들으세요. 현재 평론가 대부분이 쇼흐스를 이용해 일하고 있습니다. 그들은 책을 전혀 안 읽어요. 즉 발표되는 서평 모두가 쇼흐스로 작성되었다고 해도 과언이 아닙니다. 독자는 그걸 보고 책을 사죠. 요컨대 작가가 의식해야 하는 것은 쇼흐스입니다. 또 문학상 심사도 대부분 쇼흐스가 내린 평가를 기준으로 이루어집니다. 인간만 상대로 소설을 쓸 때가 아닙니다. 발상을 바꾸세요. 쇼흐스 킬러를 이용해 소설을 써서 베스트셀러 작가가 되세요."

요미의 기세에 압도되어, 도라야마는 고개를 끄덕이고 말았다.

이런, 이런! 또 한 대 팔았네…….

요미는 도라야마의 방을 나온 후 속으로 중얼거렸다.

쇼흑스에 이어 쇼흑스 킬러의 판매도 순조로웠다. 팔리지 않는 작가와 작가 지망생이 기꺼이 샀다.

요미의 회사에서는 다음 신제품을 준비 중이었다. 시타카브릭스라는 이름으로 개발된 기계는 일반인용으로 개발된 것이다. 쇼흑스 기능을 간소화한 방식이라고 생각하면 된다. 책을 그 기계에 넣으면 요약이나 어떤 게 재미있고 지루한지를 출력해준다.

요미와 동료들은 진짜 책을 좋아하는 사람은 거의 없다고 생각한다. 요즘 세상에 느긋하게 책이나 읽고 있을 여유가 있는 사람은 없다. 책을 읽지 않는 데 죄책감을 느끼는 사람, 책을 좋아했던 과거에 매달려 있는 사람, 자신을 살짝 지적으로 보이고 싶은 사람 등이 서점에 드나들 뿐이다. 그들이 원하는 것은 책을 읽었다, 는 실적뿐이다.

기묘한 시대, 라는 생각이 들었다. 책을 별로 읽지 않은 주제에 작가가 되고 싶어 하는 젊은이가 늘고 있다. 책이 그리 팔리지 않는데도 베스트셀러 탑텐이 발표된다. 일반 독자가 전혀 모르는 문학상이 늘었다. 책이라는 실체는 사라지는데 그것을 둘러싼 환상만은 아주 요란하다.

독서란 도대체 뭘까. 요미는 생각했다.

어? 이 소설을 다 읽었다고요?
그렇다면 당신은……?!

1985년 『방과 후』로 데뷔한 이래 30년 넘게 일본 미스터리의 제왕으로 군림하고 있는 히가시노 게이고. 우리나라에도 탄탄한 독자층을 자랑하며 신간을 낼 때마다 베스트셀러 맨 윗자리를 차지하는 대표적인 인기 작가이다.

히가시노라고 하면, 독자들은 『백마산장 살인사건』을 비롯한 본격 추리물부터 『백야행』이나 『몽환화』 같은 사회파 추리물, 『나미야 잡화점의 기적』, 『녹나무의 파수꾼』처럼 휴먼드라마 같은 작품까지 매우 다양한 성격의 작품들을 떠올릴 것이다. 그리고 저마다 다른 취향과 가장 좋아하는 장르의 작품을 몇 권쯤 댈 수 있으리라.

이번에 소개되는 『추리소설가의 살인사건』은 2001년에 발표한 8편의 단편으로 구성된 소설이다. 본격 추리물에서 사회파 추리물로 무게 중심을 옮기던 작가는 묵직한 주제를 던지는 작품으로 자신의 경력을 빼곡하게 채워 넣고 있었다. 그 와중에 가끔 독자들을 깜짝 놀라게 하는 작가 특유의 장난기를 슬쩍 드러낼 때가 있는데 1996년의 『명탐정의 규칙』과 『추리소설가의 살인사건』이 그런 작품이다.

『추리소설가의 살인사건』은 미스터리를 쓰는 작가와 그들을 둘러싼 출판업계, 그리고 독자에게 날카로운 펜 끝을 돌리고 있다. 그렇다면 우리가 상상하는 추리소설을 쓰는 작가는 어떤 사람들일까? 냉철하고 꼼꼼하며 송곳 같은 날카로움을 지닌 사람. 그런 이미지가 떠오른다. 그런 작가들은 작품을 쓰면서 어떤 고뇌를 품을까? 그런 궁금증도 자연스럽게 생긴다. 작가는 바로 그 질문에 이렇게 답한다.

「세금 대책 살인사건」에 등장하는 작가는 이제 빛을 보기 시작하는 작가다. 올해 갑자기 일이 몰려 기분 좋은 한 해를 보냈는데 연말이 되자 문득 내년에 낼 세금 걱정이 태산이다. 이 단편은 읽다 보면 절로 웃음이 난다. 남의 얘기가 아니니까. 바로 내 얘기인 듯싶다. 벌고 쓰기 바쁜데 국가는 꼭 나중에 그 대가를 바란다. 그것도 너무 많이……. 세금만 줄일 수 있다면 정말 뭐든 하고 싶은 심정이다. 작가도 사람인지라 그 역시 무슨 짓이든 하기로 마음먹는다.

「범인 맞추기 소설 살인사건」의 작가는 오만하기 그지없다. 여러 출판사에 신간을 약속해놓고 도통 원고를 내놓지 않는다. 편집자들의 불만은 하늘을 찌를 듯하나 유명 작가의 분부이니 어쩔 도리가 없다. 스타 작가에 휘둘리는 출판계 상황을 예리하게 찌르는 내용이다.

「고령화 사회 살인사건」은 그야말로 시쳇말로 '웃픈' 상황이다. 치매에 걸린 작가가 쓴 추리소설이라니, 그가 보내는 원고의 내용은 점점 산으로 가는데……. 이런 작가에게 왜 계속 일을 의뢰하는 걸까. 거기에는 고령화라는 현실이 놓여 있고 곧 다가올 우리의 미래일 것 같은 생각이 들어 마냥 낄낄대고 웃을 수만은 없다.

「예고소설 살인사건」은 가장 본격 추리물에 가깝다. 무명작가의 연재물을 그대로 베낀 살인이 현실에서 벌어진다는 것 자체가 매우 흥미롭다. 읽다 보면 범인이 누군지는 대충 짐작이 가는데 그 결말이 또 우리의 허를 찌른다. 역시 히가시노답다는 생각이 들게 한 단편이다.

「장편소설 살인사건」은 그 예봉을 출판계로 슬쩍 돌린다. 좋

은 작품을 쓰면 언젠가는 독자들이 알아주리라고 믿는 작가에게
편집자는 출판계의 현황을 들이대며 무리한 요구를 이어간다.
편집자의 억지가 더는 억지가 아닌 현실에 작가는 어쩔 수 없이
그가 원하는 대로 글을 써나간다. 마지막에 가서 편집자의 열정
으로 만들어진 책은 실소를 자아내는 것이 되고 말지만, 그 과정
은 지금 우리의 그것과 많이 닮아 있어서 흔쾌히 웃어넘기기 힘
들다. 문득 내 방 책장에 꽂힌 책들을 둘러보게 만드는 이야기
다.

쉼표 같은 「마카제관 살인사건」은 히가시노의 발랄함을 엿볼
수 있어 흥겹다.

「독서 기계 살인사건」은 SF에 가까운 작품이다. 어느 날, 수수
께끼 영업사원이 한 평론가를 찾아와 책을 읽고 평까지 써주는
기계가 있다고 찾아온다. 마침 원하지 않은 책을 읽어야 했던 평
론가는 그 기계를 들이고 결국 그 기계의 노예가 된다. 이 평론
가만이 아니다. 이런 기계를 원하는 많은 사람이 있다(사실 나도
있으면 좋겠다!). 평론가와 심사위원, 출판사로 기계가 퍼져나가
며 웃지 못할 상황이 벌어지는 가운데 이 기계는 새로운 대상을
포착한다. 호러에 가까운 SF이다.

작가에서 편집자, 그리고 평론가와 출판사를 풍자 대상으로
삼은 작가는 독자도 그냥 놔두지는 않는다. 「이과계 살인사건」

에는 마니아를 자처하는 독자를 이과계에 빗대어 비웃고 있다. 나는 다른 사람과 다르다. 더 많은 것을 안다고 품평해대는 독자들이 사실은 사이비일지도 모른다고. 흠칫! 누가 나를 비웃는 것 같은 감정에 사로잡힐지 모른다.

마지막으로 한 가지 더! 눈치 챈 독자도 있을 텐데 작품 속에 등장하는 편집자들의 소속사에 주목했다면 또 다른 재미를 발견할 수 있다. 폭주하는 편집자를 비롯해 주요 인물이 속한 출판사는 '긴초샤'이다. 실제 일본에서 이 작품이 '신초샤'에서 출판된 것과 전혀 상관없는 얘기일까? 그뿐만이 아니라 아사즈키, 로쿠단샤, 오하치쇼보 등의 작중 출판사 이름을 보고 있자면 저절로 일본의 몇몇 대형 출판사가 떠오른다. 현실을 빗댄 작품을 읽으면서, 작가가 남긴 재미를 하나씩 맞춰보는 것도 색다른 독서 경험을 선사할 것이다.

이렇듯 이 책은 모든 단편에서 살인사건이 일어나지만, 주제는 그 살인사건에 있지 않다. 추리를 통해 살인사건이 해결되기도 하고 때로는 파국을 맞기도 하지만, 작가는 그 과정에 관여하는 사람들의 민낯을 우리에게 폭로하는 데 집중하고 있다. 이는 본격 미스터리의 규칙을 패러디하면서 정통이라 불리는 장치를 실컷 조롱했던 『명탐정의 규칙』을 닮아 있다.

작가의 장난꾸러기 같은 일면을 볼 수 있는 흔치 않은 기회다. 미스터리의 이면을 블랙 유머와 독설로 가득 채운 이 작품은 실제로 2002년 '이 미스터리가 대단해!'에서 5위에 오르며 히가시노 팬들 사이에서는 숨은, 혹은 진정한 걸작으로 꼽히고 있다.

미스터리가 만들어지는 과정의 미스터리를 그리고, 사람들의 상식을 슬쩍 비틀어 오히려 이면의 진실을 확연히 드러내는 작가의 솜씨는 실로 대단하다. 그러기에 이런 평도 나왔으리라.

"갈릴레오 시리즈보다는 이쪽이 진짜 히가시노 게이고다!"

당신이 이 소설을 끝까지 다 읽고 씁쓸한 웃음을 흘리고 있다면, 당신은 진짜 히가시노 게이고를 만난 것이다.

민경욱

추리소설가의 살인사건

2020년 10월 28일 1판 1쇄 발행
2024년 7월 22일 2판 1쇄 발행
2024년 10월 31일 2판 3쇄 발행

저   자 히가시노 게이고
옮 긴 이 민경욱
발 행 인 유재욱

이   사 조병권
출판본부장 박광운
편 집 1 팀 박광운
편 집 2 팀 정영길 조찬희 박치우
편 집 3 팀 오준영 이소의 권진영 정지원
디자인랩팀 김보라
디지털사업팀 박상섭 김지연 윤희진
라이츠사업팀 김정미 이윤서
영업마케팅팀 최원석 이다은
물 류 팀 허석용 백철기
경영지원팀 최정연
발 행 처 (주)소미미디어
인쇄제작처 코리아피앤피
등   록 제2015-000008호
주   소 서울시 마포구 토정로 222, 502호(신수동, 한국출판콘텐츠센터)
판   매 (주)소미미디어
전   화 편집부 (070)4164-3960 기획실 (02)567-3388
                 판매 및 마케팅 (070)8822-2301, Fax (02)322-7665

ISBN 979-11-384-8399-5 (03830)